iM@mie

Susie Morgenstern

iM@mie

l'école des loisirs
11, rue de Sèvres, Paris 6ᵉ

© 2018, l'école des loisirs, Paris, pour l'édition Médium poche
© 2015, l'école des loisirs, Paris, pour la première édition
Loi n° 49.956 du 16 juillet 1949 sur les publications
destinées à la jeunesse : mars 2015
Dépôt légal : juin 2018

ISBN 978-2-211-23623-2

*Pour Mayah, qui se fait du souci
pour le monde, et pour son neveu*

*Et pour Noam, le mélodieux,
quel que soit le clavier, fais vibrer ta vie,
ton enthousiasme, ton imagination,
ta joie et ton amour*

Complots

— Qu'est-ce que tu en penses, maman ?

Martha n'a pas encore eu le temps de penser autre chose que : « Fini, ma belle vie ! » Mais le cerveau traite plusieurs dossiers à la fois : elle est déjà mentalement en train de refaire la chambre, d'acheter un meilleur piano, d'inscrire son petit-fils au Lycée musical de Nice.

— Tu as perdu ta langue, maman ?

— Coralie chérie, il m'arrive de réfléchir, figure-toi. Ce que tu me demandes n'est pas une requête anodine. Quelle responsabilité pour moi !

— Le fait que je te l'impose prouve ma confiance en toi. Et puis, tu aimes tant sauver les âmes ! Autant sauver celle de ton petit-fils !

— Tu m'as toujours accusée d'être une mauvaise mère.

— En grand-mère, tu t'es améliorée.

— Donne-moi un délai de vingt-quatre heures pour prendre ma décision. Je dois calculer combien de kilos de pommes de terre je peux porter par jour.

— Achète des pâtes, ça pèse moins lourd. Et puis ça prend du volume en cuisant.

— Parce qu'il est doué pour manger, ton fils ! Si je fais la cuisine pour lui, adieu mon régime, dont tu es la première à dire que c'est la clef de ma santé. Sans parler des gâteaux...

— Tu surmonteras l'épreuve, maman.

— C'est sûr que je l'aime, ton fiston. Mais le surveillerai-je mieux que sa mère et son père ?

— Tu n'as pas d'ordinateur chez toi. C'est déjà la moitié de la bataille qui est gagnée.

— Il en trouvera un à la médiathèque, dans un cybercafé ou chez des copains. Ils trouvent toujours un ordinateur.

— Il n'a aucun copain à Nice, c'est le deuxième avantage.

— Il s'en fera vite. Il est tellement sociable.

— Maman... avec lui, nous sommes au bout du rouleau...

— Bon élève et pianiste surdoué, de quoi te plains-tu ?

— Il passe tous ses après-midi sur ses jeux vidéo.

Nous ne sommes pas à la maison pour le surveiller. Il est complètement accro. Il ne fait même plus de sport.

— Les grands-mères ne sont pas censées faire les flics, ni élever leurs petits-enfants, sauf catastrophe exceptionnelle.

— Nous affrontons une catastrophe exceptionnelle, maman ! Son avenir est en jeu.

— J'ai élevé mes enfants, et je suis à la retraite. On est à la retraite parce qu'on est vieux et fatigué. C'est le moment de profiter du peu de vie qui vous reste, de faire des voyages, de dîner avec des amis, à la rigueur de recevoir ses petits-enfants, mais de les recevoir AVEC leurs parents, pendant les vacances de Noël ou de Pâques.

— Maman, est-ce vraiment trop te demander que de sauver ton petit-fils ? Son cerveau est en train de se dissoudre dans l'électronique. Y a-t-il d'autres priorités pour toi ?

— Je te le dirai demain soir.

Martha déambule dans sa grande maison. Elle se sent souvent coupable d'avoir tout cet espace rien que pour elle. Mais c'est la maison où elle a été plus ou moins heureuse avec son mari, qui n'a pas eu la chance d'y vivre jusqu'aux jours tranquilles de l'« âge d'or » : il est mort trop jeune. C'est aussi la maison où ses enfants ont grandi. Elle n'a jamais voulu écouter ceux qui lui conseillaient de faire des coupes dans sa vie, de se débarrasser d'un maximum de meubles, de livres, de vider ses penderies pleines de vêtements qu'elle ne met jamais. Ses fesses restent collées à ses vieux jeans, elle est à l'aise dans ses tee-shirts informes, et ses pieds sont heureux dans leurs charentaises avec chaussettes de toutes les couleurs.

Elle est contente quand les enfants viennent, mais encore plus contente quand ils partent. En cinq minutes de leur présence, son « ordre », qui n'est autre que son immense pagaille à elle, se trouve démoli. D'accord, elle adore déjeuner avec eux dans le jardin. Elle leur fait volontiers la cuisine, puisqu'ils apprécient chacun de ses plats. Elle aime particulièrement les longs petits déjeuners oisifs en leur compagnie.

Sa fille cadette, Magaly, vit à Toronto avec son Canadien. Comme Coralie, elle a deux enfants. Pour renforcer leur bilinguisme, elle vient avec eux tous les ans en juillet, ce qui fait que Martha est accaparée l'été entier. Les deux sœurs passent une semaine ensemble en Italie, laissant leurs enfants à la charge de leur grand-mère.

De tous, celui qui apprécie le plus sa cuisine, c'est son Sam adoré, déjà 1,90 mètre, 16 ans, cheveux brun clair. Quand ils sont longs, un vrai mouton bouclé. Une douceur dans le regard. Un garçon tendre et affectueux. Quand il joue du piano, c'est toute son âme qui lui coule dans les doigts. Un brin philosophe, aussi. Mais quel fainéant ! La paresse est une chose que Martha n'a jamais comprise. Il y a tant à faire dans notre courte vie !

Le mieux, peut-être, est de lui téléphoner, pour savoir ce qu'il pense du projet de sa mère et de tout ça.

C'est la moindre des choses, non ?

Conversation

— Sam, tu es au courant ? Tes parents veulent que tu viennes habiter avec moi.
— Oui, oui.
— Et alors ?
— J'ai rien contre.
— Rien contre ? Quitter ta famille, ton petit frère, tes amis, ton oreiller… ?
— J'apporterai mon oreiller.
— … tes habitudes…
— On mange bien, chez toi, mamie. Et dans la vie, faut être souple.
— Nice n'est pas Paris. Tu en as déjà marre de faire le tour de Saint-Jean-Cap-Ferrat.
— On trouvera d'autres balades. On ira en Italie.
— Et puis… je n'ai pas la télé.
— On fera sans.

Sam ne sait pas s'il supportera l'absence de Mona, mais il ne la mentionne pas.

– Je n'ai pas non plus d'ordinateur, dit Martha. Silence.

Pensées

Sam aime bien en général aller chez sa grand-mère, mais ce déménagement ne l'emballe pas. Il ressent un brin d'amertume, et peut-être plus qu'un brin. Ses parents l'ont mis au monde : qu'ils s'occupent de lui ! Mamie est bien gentille, mais est-elle si pressée d'adopter son petit-fils ? Une génération d'écart, c'est déjà dur, alors deux générations…

Et c'est vrai, ce qu'elle dit : quitter ses amis, son lit, Mona… et, oui, même son petit frère… Ça va lui manquer, les discussions au dîner, les tête-à-tête avec son père qui revient tous les jours à la maison déjeuner avec lui, les dimanches à vélo à travers Paris…

Tout compte fait, Sam n'est pas encore entièrement avalé par son écran d'ordinateur. Il passe quelques moments dans la vraie vie. Il aime sa classe. Il aime les samedis soir avec ses copains : bière et jeux vidéo au programme.

Mais bon, il n'est pas majeur, et du reste il est partant pour essayer autre chose.

Dans la vie, faut pas se figer.

Héroïsme

— Tu sais que je suis une mauvaise mère. Je n'ai jamais rien su refuser à mes enfants.
— La réponse est donc oui ?
— La réponse est : oui, hélas.
— Pourquoi hélas ?
— Parce que… c'est la fin de MOI.
— Voyons, maman ! Tu te plains toujours de ta solitude.
— Jamais de la vie. J'idolâtre ma solitude, ma solitude exquise, béate, sensuelle, succulente. Je suis une grande lectrice, ça ne t'a pas échappé ?
— Sam ne t'empêchera pas de lire. Peut-être même que tu lui donneras l'exemple, et qu'il se mettra à lire, lui aussi. Il faut absolument qu'il lise pour son bac de français.
— Pour le reste, quelle est ma feuille de route ?
— Tu le nourris, tu lui donnes le bisou du soir, tu

vérifies qu'il fait ses devoirs... Il aime qu'on lui lise ses livres de classe, il déteste la lecture silencieuse. Il faut aussi l'inscrire au lycée et lui trouver un bon prof de piano, mais je viendrai régler tout ça. Ah, il y a aussi le piano, il ira le choisir avec toi.

— C'est tout ?

— Nous viendrons tous passer le mois d'août, et Sam restera. Nous repartirons sans lui. D'ici là, tu auras vidé une penderie dans une chambre et lui auras ménagé une petite place dans l'immensité de ta maison. Ça va te faire du bien, de faire un peu de tri.

Coralie parle en experte : dans son appartement parisien, elle passe la moitié de son temps à éliminer ce qu'elle juge superflu, c'est-à-dire à peu près tout. Sa mère, elle, respecte le vieil adage : « Ça peut toujours servir. » Elle n'a rien jeté depuis le jour de son mariage, il y a quarante-sept ans. Une seule fois, elle a tenté une opération de dégagement. Elle a rempli trois sacs-poubelles à l'intention d'un organisme caritatif. Mais l'un après l'autre, elle en a ressorti chaque article et l'a remis à sa place d'origine. Même chose avec les livres. Elle a fait des cartons de ce qu'elle ne relira pas, mais elle est incapable d'éliminer les cartons, donc elle a remis chaque volume, un à un, sur ses étagères croulantes.

Quand Sam vient, il fait une inspection sévère de toutes les boîtes de conserve qui s'entassent dans les placards de Martha depuis un demi-siècle et vérifie leur date de péremption. Il fait une razzia dans la cave. Des œufs périmés ? Elle ne se rappelle jamais quand elle les a achetés, mais personne n'est jamais mort d'avoir gobé une relique. Les Chinois mangent bien des œufs centenaires ! Sam jette même les canettes de Coca et les bouteilles de cidre.

Martha sera donc censée faire la police avec un petit-fils qui jouera les contrôleurs chez elle. Que de complications ! Elle est depuis si longtemps une vieille fille n'en faisant qu'à sa tête et qui aime tant son train-train à elle…

— Je te téléphonerai toutes les semaines, maman, lui promet sa fille, comme si elle faisait miroiter une récompense.

Martha sent que sa vie va changer, pas forcément en mieux.

Détermination

Bon, elle attaque les penderies.

Elle essaie toutes ses vieilles robes. C'est vrai qu'elle ne mettra plus aucune d'elles. Elle les plie et leur dit au revoir, en tentant de se convaincre des avantages du vide.

Mais le spectacle des penderies désertes l'attriste. C'était rassurant, tous ces vêtements de rechange, ces possibilités de déguisement, ces tissus entassés. Martha regrette la protection qui « enrobait » ses jours.

Elle vide de tous ses livres la future chambre de Sam. Chaque livre est une brique de poussière. Sa petite-fille canadienne allergique aux acariens ne peut jamais dormir chez Martha. Sam, heureusement, n'a pas d'allergies.

Martha téléphone au peintre : pas libre avant un mois. Elle se rend dans un magasin qui vend des matelas, mais là, mieux vaut que Sam les essaie. Le matelas actuel convient pour une semaine de vacances, mais c'est un maximum. Il faut veiller à la colonne vertébrale d'un garçon qui grandit.

Sur son élan, Martha fait l'inventaire de son placard à provisions. Il lui reste deux mois pour ingurgiter les quelque soixante boîtes et paquets qui y stagnent. Quel besoin a-t-elle eu de vingt-neuf boîtes de thon ? Et le maïs, si mauvais pour la santé, au pire transgénique ? Et ces bocaux de pois chiches, vrais nids à flatulences ? Et tout ce miel ? Au moins, le miel n'est jamais périmé.

Dans les jours qui viennent, Martha va devoir ouvrir tous les tiroirs de Pandore sans savoir ce qu'elle y trouvera. Quelque chose lui dit qu'elle va pouvoir fournir, en crayons à mine cassée, stylos à plume desséchée, trombones tordus, punaises rouillées, cahiers à spirale faussée et compas sans pointe, six écoles démunies. Elle est sûre de trouver des monceaux de cadeaux jamais offerts, de manuscrits inachevés, de cartes postales acquises dans des musées, de calendriers d'il y a vingt ans, de petites peluches, de post-it qui ne collent plus.

Tant pis, à l'attaque !

Un tiroir par jour, une heure par tiroir. Comment

a-t-elle pu acquérir sept agrafeuses ? Qui lui a envoyé ces lettres avec 987 timbres de tous les pays ? D'où viennent ces 1 765 cartes de visite d'inconnus et de morts anonymes, toutes ces babioles inutiles : pomme en bois avec coccinelle dedans, chat noir en porcelaine, lunettes de folle ?...

Il faudrait une vie pour se débarrasser de ces vestiges d'une vie ! Sans parler des meubles, des tableaux, des bibelots. Martha voudrait mettre une étiquette sur chaque objet : « pour Sam », « pour Magaly », « pour Coralie », mais ses enfants et ses petits-enfants ne voudront rien de tout ça, c'est sûr, pour encombrer leurs espaces.

Martha se décourage. Elle ne veut pas léguer toute cette pagaille au goût d'« après moi le déluge ». Mais que faire ? Elle se sent impuissante devant le raz-de-marée de ses collections de pacotille.

Mettre sa vie dans une valise

Sam n'a aucun mal à mettre ses affiches de footballeurs à la poubelle. Zack, son petit frère, ne s'intéresse pas au foot, et lui, il a passé l'âge de l'idolâtrie. Dans sa valise ouverte par terre, il fourre ses partitions, vide son tiroir de slips, ajoute quelques pantalons, chaussettes, chemises et tee-shirts. Le cœur n'y est pas. Les seules choses qu'il voudrait emporter sont prohibées : son ordinateur et son téléphone.

Sur ces portables il y a les photos de sa mère, de son père, de son frère. Et de Mona. Ils vont rester dans un cercueil sur son bureau pendant un an. Serait-ce lui qu'on cherche à enterrer ?

Excitation

Les grandes manœuvres de nettoyage par le vide se sont arrêtées à la future chambre de Sam. Les peintres ont fini par la repeindre. Martha y a remis des livres, histoire de donner à la pièce l'aspect accueillant que n'ont pas les chambres d'hôtel. Sauf qu'elle-même adore les chambres d'hôtel, toutes nues et donc reposantes.

Et, tous les jours, elle absorbe consciencieusement son thon en boîte, son maïs transgénique et ses pois chiches.

Le marathon de l'été niçois a démarré. Martha est reconnaissante de n'avoir que deux filles, deux gendres et quatre petits-enfants. Les Canadiens partagent un bout de temps de séjour avec les Parisiens. Cette affluence démolit dès les cinq premières minutes le semblant d'ordre fictif qui régnait chez Martha. Mais qu'importe. Il n'y a pas de résistance possible.

Du moment qu'on la laisse lire au lit le soir, Martha survit.

Au départ des Parisiens, qui laissent leur ado, Martha est à la fois soulagée et inquiète. Pour elle, un garçon de cet âge est tombé d'une autre planète. Le lycée ne commence que dans quelques jours. Comment l'occuper en attendant ? Elle a un vieux Scrabble et un Monopoly. Ces jeux l'assomment, mais que ne ferait-elle pas pour divertir son petit-fils ?

– Tu veux que nous jouions à un jeu ?

– Après dîner, si tu veux, dit-il sur le ton qu'on prend pour apaiser un enfant.

Martha ne se doute pas à quel point Sam se réjouit de se débarrasser de Zack, qui partage sa chambre à Paris et se répand en pets et en rots, comme si c'était la chose la plus hilarante du monde. Sam se dit que ça va être reposant ici sans ses parents sur le dos, sans cette peste de petit frère. Mais il change d'avis toutes les cinq minutes.

Demain, songe Martha, il faudra refaire le plein de provisions. Elle emmènera son petit-fils au marché, pour qu'il se rende compte du poids de la vie. En kilos à porter.

Soulagement

C'est une sensation de paix qui s'installe en Sam quand Zack et ses parents repartent pour Paris. Il est finalement content de ne pas rentrer avec eux, d'occuper maintenant toute la place auprès de sa grand-mère, de ne pas avoir à affronter la frénésie de la rentrée parisienne, métro et bus à l'appui. À Nice, tout semble plus détendu. Sam commence à penser qu'on est mieux en province.

Il vivra sans les reproches continuels et le harcèlement de ses parents : les « dépêche-toi », les « fais tes devoirs », les « travaille », les « mets la table », le tout sur un ton de guerre du feu.

Non, ici, ça va être doux, harmonieux, « cool », même s'il fait très chaud. Comment les lycéens niçois font-ils pour travailler avec cette chaleur ? Mystère. Peut-être leur « travail » consiste-t-il à aller à la plage ? Sam l'espère.

Contemplation

Quand elle a réussi à dormir, Martha se lève tôt. Elle adore prendre le petit déjeuner en admirant le palmier solitaire, au loin. Pour ce premier jour de solitude en compagnie de Sam, elle pense que ce serait gentil de l'attendre et de prendre le petit déjeuner avec lui.

Sept heures en deviennent huit, huit en deviennent neuf et ainsi de suite. Le garçon n'émerge qu'à midi et demi, affamé. Martha a rangé le petit déjeuner depuis longtemps. Pour préparer le déjeuner, elle comptait sur la visite initiatrice au marché. À l'heure qu'il est, il n'y a plus que les supermarchés d'ouverts.

Martha prend une décision inhabituelle :

— On va aller au restaurant, et ensuite nous ferons un minimum de courses au supermarché. Demain, on commence le régime militaire. Tu te lèves tôt et tu m'accompagnes au marché.

– Mais, mamie, je n'ai que quelques jours avant le lycée, laisse-moi dormir. Après tout, je n'ai rien d'autre à faire.

– Le marché, c'est jusqu'à midi. Faisons un compromis : tu te lèveras à 10 heures. Et tu mettras ton réveil, je n'aime pas jouer les réveille-matin.

– Mon réveil, c'était mon téléphone. Je n'en ai pas d'autre.

– On va en acheter un.

– Un téléphone ?

– Non, un réveil.

– Pas besoin, mamie, tu es toujours debout très tôt. Tu me réveilleras en douceur.

– Avec un seau d'eau froide ?

– Avec un bisou grand-maternel.

Ils avalent une excellente pizza.

En prélude aux achats d'alimentation, Sam réussit à entraîner Martha au rayon informatique de la grande surface et lui vante les mérites de chaque marque. Il tombe en extase devant chacun de ces ustensiles qui laissent Martha totalement indifférente. Que c'est froid, cette exposition de métal et de plastique.

– Demain, il faut qu'on aille voir pour mon piano.

— Donc, marché et piano. Il faudra changer l'heure du réveil.

— L'heure décidée est irrévocable, mamie. On n'y revient pas.

Chasser, récolter

Le bisou-réveil n'ayant pas marché, Martha projette l'achat d'un pistolet à eau. Il est déjà 10 h 15, Martha a petit-déjeuné depuis au moins trois heures et la voilà habillée, fin prête, livrée à l'occupation qu'elle déteste entre toutes et qui consiste à attendre. Cela fait si longtemps qu'elle n'a pas attendu quelqu'un.

Elle finit par opter pour la méthode sonore :

— SAM !!!

— Hé, mamie ! les grands-mères sont censées être des modèles de douceur…

— Oui, si on tient ses promesses. Sinon, elles sont féroces. Nous avons un programme et un pacte.

— OK ! j'suis debout, dit Sam, encore couché.

— Dix minutes ! Tu as dix minutes. Baguette, jus d'orange et *andiamo*.

— À vos ordres, commandant !

Sam, au combat, est de bonne humeur. Il s'enthousiasme pour les courgettes («Tu les fais si bien, mamie!»), pour les aubergines, les tomates, les fenouils. Il les entasse dans le chariot que Martha s'est décidée à acheter. Elle déteste ce genre d'accessoire. Selon elle, toutes les petites vieilles en ont.

— Combien de bananes manges-tu par jour?
— Autant que je peux.

Martha fait peser un régime de bananes et déclare que le chariot est plein. Elle décide:

— On rentre et je prépare à manger, puis on ressort et on se met en quête d'un piano.
— On ferait mieux de manger un morceau quelque part et d'y aller sur notre lancée.
— Tu penses peut-être que je vais nous payer le restaurant tous les jours?
— Je t'invite avec mes économies.
— Allez, ne t'en fais pas. On va s'offrir un couscous.

Les yeux de Sam s'écarquillent, son visage s'illumine. Il n'y a pas de plus grande fête pour lui que le couscous.

Au restaurant, Martha lui demande:

— Tu veux quoi, comme piano?
— Un Steinway D 274 Grand Concert, piano à queue!

— Ça coûte combien, ça ?
— Un rien. 136 850 euros TTC.
— Parfait. Nous commençons par un petit cambriolage, puis nous trouvons le magasin.

En fait, Martha a son idée de derrière la tête. Elle compte utiliser le petit héritage qu'elle tient de sa mère. Que peut-elle faire de mieux avec cet argent, elle qui déteste les voyages, les fringues et les voitures ?

— Trêve de plaisanterie, mamie. N'importe quel piano vaudra mieux que la casserole que tu as chez toi, dont la moitié des marteaux ne frappent plus les cordes.

Martha peut à peine se remettre debout. Elle s'est resservie trois fois de semoule, de légumes et de bouillon. Sam ne s'est pas mal défendu non plus, face à ce couscous royal.

— Il n'y a pas autant de pianos sur le marché ici qu'à Paris. Nous ferons un tour d'observation avant de nous décider.

— C'est raisonnable.

Chez le grand marchand de la rue Lepante, Sam essaie plusieurs instruments qui ne le satisfont pas. Évidemment, quand il arrive au modèle de ses rêves, il annonce :

— On le prend !

Les yeux du vendeur jaillissent de leurs orbites.

Sam fait des gammes, juge la sonorité de « son » piano.

— Il mesure combien ? demande Martha.

— Neuf pieds, dit le vendeur.

— C'est-à-dire ?

— À peu près trois mètres de longueur.

— On va rentrer pour vérifier que nous pourrons le caser à la maison.

Ils font le tour de tous les magasins. Ils tombent sur un vendeur qui leur montre un Steinway Grand Concert.

— Une occasion. Une affaire incroyable !

— Pourquoi est-il si peu cher ? s'informe Martha.

— Il est trop grand pour les maisons et les appartements modernes. C'est un piano de concert, au prix d'un piano droit d'étude.

De nouveau, Sam fait des essais, ébloui par la qualité de l'instrument.

— On va prendre les mesures chez nous et réfléchir.

Sam entraîne Martha et le chariot de courses au rayon informatique chercher sur Internet des informations pour l'achat d'un piano. Il étudie et compare les articles sur écran, sous les regards éberlués de sa grand-mère.

— Vas-y, mamie, à toi. Tape tout ce que tu veux savoir.

Martha tape « recettes d'aubergines ». Des dizaines de plats défilent sur l'écran.

— C'est incroyable !

— Tu vois, mamie, les ordinateurs ont du bon.

Accomplissement

Tout ce qu'ils ont acheté au marché est vite mangé. C'est idiot, il faut refaire les mêmes gestes tous les jours. Acheter, préparer, manger, ranger, se laver, se brosser les dents. Routine et répétition, jour après jour, semaine après semaine. Ce qui change maintenant pour Martha, c'est la conversation. Au lieu de se laisser aller à ses pensées romantiques et ridicules, à ses rêves nuageux, elle doit faire face à un escogriffe de seize ans plein de questionnements en tout genre. Quand elle élevait ses enfants, elle était trop occupée par la tenue de la maison, les petits soins envers son mari et son propre travail à plein temps pour apprécier le cadeau que sont les autres.

Le débat actuel porte sur le futur piano. Au rayon informatique, Martha et Sam ont imprimé les conseils pour acheter un piano et ils vérifient point par point :

— Le meuble, les touches ?
— Impeccable, dit Sam.
— Le sommier ?
— Sans fissures. Les cordes sont parfaites, sans point de rouille, j'ai bien regardé. Je n'en suis pas à mon premier piano. On a passé des dimanches entiers pendant des mois à essayer tous ceux de Paris, avant d'acheter le nôtre.
— La mécanique ?
— L'alignement des marteaux est excellent, les courroies sont en bon état.
— Tu es sûr ?
— Ce piano est à l'état neuf. À ce prix-là, c'est donné.
— Les ponts des cordes ? La table d'harmonie ?
— Rien à dire. Le son est clair, pur.
Martha pense que ce garçon, malgré son jeune âge, en sait décidément plus qu'elle.
— Le problème, c'est d'arriver à le caser chez nous. Dans le salon, il faut supprimer les deux canapés. Sinon, c'est dans la salle à manger, ou dans la chambre d'amis.
— Surtout pas la salle à manger, mamie !
— Pas la chambre d'amis non plus, car où dormiraient tes parents quand ils viennent ?

— Donc dans le salon. Mais les canapés, on va les mettre où ?

— Je m'en débarrasse. Ils ne servent à rien, sans télé à regarder. Je téléphone à Emmaüs pour qu'ils viennent les chercher.

— Tu vas faire le bonheur de quelqu'un.

— D'abord, on retourne au magasin et tu fais de nouveaux essais, avec la liste de conseils. C'est quand même louche, un tel piano si peu cher.

— Le type a dit qu'il ne peut pas le garder, faute de place dans le magasin. Et que les vendeurs sont pressés.

La livraison pourrait avoir lieu dès le lendemain, qui est aussi jour de rentrée des classes. Mais on ne peut pas faire enlever les canapés avant une semaine. Sept jours d'encombrement maximal ! Et puis Martha est prise d'une inquiétude :

— Qu'est-ce que je vais faire de ce piano, quand tu seras parti ?

— Qui te dit que je vais partir, mamie ?

— Tout est fait pour partir, mon Sam. Même mes canapés jaunes.

— Ex-jaunes, mamie.

— Tu as raison, leur couleur a fichu le camp. Il est temps que je m'en sépare.

— En avant la musique !

Ténacité

— Alors, ce premier jour de classe ? demande sa mère à Sam au téléphone.
— Normal.
— C'est-à-dire ?
— Ennuyeux. Exactement comme à Paris, le soleil en plus.
— Les profs ?
— Les mêmes qu'à Paris. Affligeants.
— Vous avez trouvé un piano ?
— Il est déjà installé chez mamie.
— Ah ! Qu'avez-vous acheté ?
— Un Steinway à queue, grand concert.
— Très drôle, mon fils.
— Je ne blague pas, c'est un Steinway.
— Passe-moi ta grand-mère, veux-tu !... Allô, maman ? Dis-moi que ce n'est pas vrai.
— Ce piano ?... Sam en rêvait.

— Tu as gagné au loto, ou quoi ?

— Pas besoin… C'est, en quelque sorte, un cadeau du ciel.

— Mmmh, un Steinway… Une vieille casserole, j'imagine ?

— Pas du tout. Presque neuf, une affaire.

— Et où l'as-tu casé ?

— Au salon.

— Il n'y a pas la place !

— C'est sûr qu'il y a encore moins de place, maintenant.

— Mais tes canapés ?

— Partis… enfin, sur le point de partir…

— Et qu'est-ce que tu vas faire d'un piano à queue quand Sam ne sera plus là ?

— Je te l'enverrai. Les déménageurs s'en réjouissent d'avance.

— Ha, ha ! De plus en plus drôle ! Il ne monterait jamais ici, au quatrième étage.

— La question ne se posera pas. Sam dit qu'il restera ici, qu'il ne quittera jamais son piano.

— Il préférerait quitter ses parents ?

— Ils l'ont un peu cherché, non ?

— Il est accordé, au moins ?

— Sam ?

— Le piano.

— L'accordeur vient demain.

— Il ne tiendra pas l'accord.

— Un Steinway ? Ça m'étonnerait.

— Et où va-t-on s'asseoir dans ton salon, maintenant ?

— Ben, sur le piano.

Coralie n'a jamais tellement apprécié l'humour de sa mère. Sam est beaucoup plus réceptif. L'humour saute volontiers une génération.

Malaise

Sam culpabilise.

Il a fait dépenser à sa grand-mère une petite fortune, et le piano occupe tout l'espace dans le salon. La moindre des choses va être maintenant de jouer, et sérieusement.

Et puis, le compte rendu qu'il a fait à sa mère n'était pas tout à fait exact. Il ne s'est pas ennuyé le premier jour de classe. Il avait beaucoup de défis à relever : trouver sa classe dans le dédale du lycée, observer les profs en robe d'été ou en jean et sandales, prendre la température ambiante, oser adresser la parole aux autres élèves qui ne l'ont jamais vu. Même si l'ennui se profile, il y a cette lumière, ce ciel bleu. Sam aime le trajet à pied pour se rendre au lycée. Il vient à Nice depuis sa naissance en touriste. En tant qu'habitant fixe, tout y est neuf pour lui, voire un peu merveilleux. Mais chut ! Ce genre d'impressions ne regarde pas une mère.

Beauté

La maison se remplit de musique après le passage de l'accordeur.

— C'est top! dit Sam. Espérons que le pianiste sera à la hauteur.

Les canapés ne partent pas si facilement. Plusieurs fois, les déménageurs ont fait faux bond.

— On va les empiler l'un sur l'autre, suggère Sam pour réduire l'encombrement.

Mais Martha n'a pas la force de soulever sa moitié. Alors on continue d'enjamber les canapés pour atteindre le piano.

Sam joue pendant que Martha épluche et coupe les légumes pour la soupe. Sam mange comme un ogre, mais il n'est pas difficile, il avale tout ce qui se présente. Du temps de sa vie normale, Martha faisait pour elle seule une soupe pour toute la semaine, et s'en contentait. Maintenant, elle doit réfléchir au menu de chaque repas, y compris les déjeuners, car Sam est en horaires aménagés. Il ne va au lycée que le matin. Ses après-midi sont censés être consacrés à la musique. Mais quand Martha rentre ce jour-là de son club de lecture, elle le trouve endormi sur son lit. On peut interdire aux ados les écrans d'ordinateur, mais pas le sommeil. Martha rôde devant sa chambre et rôde si fort, qu'elle le réveille.

— Tu n'as pas des fournitures à aller acheter, non ? Des livres ?

— Ah, oui, mamie ! La liste est dans mon sac.

— Quel est ton programme de français ?

— Dans mon sac, mamie ! Un vrai cauchemar. Jamais je ne pourrai !

Martha trouve la liste. À vrai dire, elle partage un peu l'affolement de son petit-fils.

- *Gargantua*, de Rabelais
- *Les Essais*, de Montaigne
- *Hamlet*, de Shakespeare
- *L'Illusion comique*, de Corneille
- *Dom Juan*, de Molière
- *Georges Dandin*, de Molière
- *Le Misanthrope*, de Molière

- *Manon Lescaut*, de l'abbé Prévost
- *Le Jeu de l'amour et du hasard*, de Marivaux
- *Les Lettres persanes*, de Montesquieu
- *Zadig*, de Voltaire
- *Les Confessions*, de Rousseau
- *Le Mariage de Figaro*, de Beaumarchais
- *Les Liaisons dangereuses*, de Laclos
- *Le Père Goriot*, de Balzac
- *On ne badine pas avec l'amour*, d'Alfred de Musset
- *Ruy Blas*, de Victor Hugo
- *Mémoires d'outre-tombe*, de Chateaubriand
- *Madame Bovary*, de Flaubert
- *Germinal*, de Zola
- *Pierre et Jean*, de Maupassant
- *Le Grand Meaulnes*, d'Alain-Fournier
- *Électre*, de Giraudoux
- *Antigone*, de Jean Anouilh
- *Si c'est un homme*, de Primo Levi
- *L'Étranger*, d'Albert Camus
- *Les Mots*, de Jean-Paul Sartre

— Et ça, mamie, c'est rien que la liste des livres en prose. Il y a encore les poèmes.
— Quels poèmes ?

— Tu as déjà entendu parler de mecs comme Verlaine, Baudelaire, Apollinaire, Rimbaud ?

Martha cherche sur ses étagères et trouve un recueil de Rimbaud.

— Viens en bas, on va lire quelques poèmes.

— On n'a plus nulle part où s'asseoir, en bas.

— Installons-nous dans la salle à manger.

— Et on ne sait pas quel poème. Pas la peine d'en faire un qui n'est pas sur ma liste.

— Juste histoire de te mettre dans le bain.

— On est mal barrés, mamie, soupire Sam, en proie à un immense découragement. Il doit y avoir plus de mots que de gens sur terre !

— Il n'y en a qu'environ 100 000 dans la langue française. Nous pouvons en venir à bout.

— En apprenant un mot par jour pendant quatre-vingt-neuf ans, je ne saurai que 32 485 mots !

— Tu en connais déjà beaucoup, et avec tes dons pour le calcul, tu peux en apprendre trois par jour. Ce n'est pas la mer à boire.

— Trois mots et demi ! Pense à tous les synonymes d'« impossible ».

— Justement, ta liste est loin d'être impossible, puisque l'Éducation nationale la recommande à TOUS les candidats au bac, et tu n'es sûrement pas le plus nul.

— Irréalisable ! Insensé ! Inaccessible ! Inabordable !
Impraticable ! Infaisable ! Inexécutable !
— Quel vocabulaire ! Vas-y ! Lis !

« Quand le front de l'enfant, plein de rouges tourmentes,
Implore l'essaim blanc des rêves indistincts,
Il vient près de son lit deux grandes sœurs charmantes
Avec de frêles doigts aux ongles argentins.

Elles assoient l'enfant devant une croisée
Grande ouverte où l'air bleu baigne un fouillis de fleurs,
Et dans ses lourds cheveux où tombe la rosée
Promènent leurs doigts fins, terribles et charmeurs.

Il écoute chanter leurs haleines craintives
Qui fleurent de longs miels végétaux et rosés,
Et qu'interrompt parfois un sifflement, salives
Reprises sur la lèvre ou désirs de baisers.

Il entend leurs cils noirs battant sous les silences
Parfumés, et leurs doigts électriques et doux
Font crépiter parmi ses grises indolences
Sous leurs ongles royaux la mort des petits poux.

Voilà que monte en lui le vin de la Paresse,
Soupir d'harmonica qui pourrait délirer ;

L'enfant se sent, selon la lenteur des caresses,
Sourdre et mourir sans cesse un désir de pleurer. »

— Franchement, mamie ! Tout ça pour dire que ce gosse a des poux !
— C'est le rôle du poète, d'élever chaque circonstance de la vie, même l'épouillage, à la dignité du lyrisme.
— N'empêche qu'un SMS aurait suffi.
— Tu comprends tous les mots, au moins ?
— Tous, mais il y en a trop. Moins, c'est plus. Le monde d'aujourd'hui exige de la vitesse.
— Alors bienvenue au monde d'hier, qui est celui de ma génération. On y prenait son temps. Lis-moi *Le Dormeur du val*.
— Un poème par jour, mamie. Je sature. Un par jour.

Poèmes

Si sa grand-mère continue à le gaver de poèmes, songe Sam, il vaudrait mieux qu'il prenne le large. Mais vu qu'il est déjà parti de chez lui, mamie est son ultime recours. Il ne partira donc pas.

C'est sûr, elle cuisine à merveille, elle est affectueuse, elle veut son bien, mais pitié : pas tous ces poèmes.

Les poèmes intimident Sam. Ils ne parlent pas sa langue, ils ne parlent la langue de personne, ils ne lui parlent pas, ils ne parlent pas de lui. Un poème, c'est lourd, ça n'a pas de sens. Les poèmes demandent trop de concentration, on devrait les écrire comme des SMS.

Penser aux SMS, c'est penser à Mona. Ses SMS sont des œuvres d'art.

Mamie dit à Sam de se laisser aller, de s'ouvrir, d'ouvrir son cœur, son âme, son imagination, d'activer ses perceptions. « Laisse le poète te conduire. Il te sert un cocktail, bois-le à petites gorgées, savoure-le. Laisse-toi emporter, griser. Tu verras, tu vas te mettre à ressentir ses émotions. »

Sam a des doutes.

Aventure

Sam est au lycée, Martha fait les courses.

Comme aimantée, elle retrouve le rayon informatique du grand magasin. Machinalement, elle s'arrête devant l'ordinateur que Sam lui a montré. Elle veut vérifier la recette de la blanquette. Des centaines de recettes défilent. Sam a peut-être raison : moins, c'est plus.

Elle tape « Gargantua ». 2 250 000 réponses ! Il faudrait plus de temps pour les parcourir que pour lire le livre !

Elle pense à son péché mignon et tape « chocolat » : 1 980 000 entrées, recettes, adresses, histoire, fabrication et pire encore, photos. Elle est trop pressée pour faire une autre recherche, mais l'appareil la fascine. Elle voit comment on peut s'y perdre. Allez, encore juste une recherche : arthrose. 1 140 000 articles. Il va falloir y revenir. Peut-être pendant que Sam fera son piano…

Quand elle était seule, Martha ne faisait pas les courses tous les jours. Rien ne la pressait. C'est le plus grand luxe : prendre son temps. Étendre le linge, repasser, ranger, tout est supportable quand on le fait à son gré. Elle avait pourtant sa routine : déjeuner à 13 heures en écoutant le journal de France Inter. Sa journée était rythmée par les émissions de radio. Elle connaît tous les journalistes, les humoristes, les animateurs. La radio est son « éducation permanente », son université du troisième âge, et son divertissement.

Et voici Sam qui rentre affamé comme d'habitude, accablé par le poids du travail qu'on lui a demandé ce matin, épuisé par cette demi-journée d'ennui.

– Raconte.

– Mamie, tu ne veux pas savoir !

– J'aimerais comparer avec mon époque.

– C'est ça le pire, rien n'a changé. Rien, depuis Charlemagne. Même ennui, mêmes profs, mêmes devoirs.

– Tu as mieux à proposer ?

– Des ordinateurs au lieu de cahiers, et que les profs envoient les devoirs par mail. Et qu'au lieu d'aller au lycée, on reste à la maison à travailler au calme.

– Autrement dit, tu revendiques un statut d'autiste. Beau programme. Ne voir personne, ne jamais sortir de chez soi, n'avoir de relations qu'avec son écran.

– Il le mérite. Mamie, j'aimerais te montrer de quoi un ordinateur est capable.

– Ce n'est toujours pas lui qui fera les courses, la cuisine !... Je hais les courses !

– Justement, mamie. Tu pourrais les faire en ligne et tu serais livrée à domicile.

– C'est possible, ça ?

– Je t'assure.

– On ira voir ça cet après-midi.

Martha n'ose pas dire qu'elle y est déjà allée ce matin.

– Mamie, est-ce que tu pourrais vivre sans téléphone ?

– Je ne suis pas du genre à bavarder des heures, mais j'aurais du mal, je le reconnais. Ça me plaît de parler avec mes enfants, de temps en temps.

– Vivre sans ordi, mamie, ce n'est pas envisageable non plus. Tu dois t'y mettre.

Sam emporte les assiettes vers l'évier. Martha a une machine à laver la vaisselle, mais pour deux assiettes ce n'est pas la peine.

— Pas de télé, pas d'ordinateur, tu es dans la préhistoire.

— J'aime la préhistoire.

— Parce que tu ignores le présent. Fais l'inventaire de ce que tu aimes. Quel est ton bien le plus précieux ?

— Toi.

— Je ne suis pas un bien.

— Mes livres.

— Eh bien, tu pourrais les lire sur écran.

— J'aime mieux le faire au lit et tourner des pages... Et toi, mon Sam, quel est ton bien le plus précieux ?

— Mon ordi.

— La santé, l'amitié, l'amour, la chance, la paix dans le monde, la paix intérieure ? Le succès ?...

— Pas de succès possible sans ordinateur.

— Ton piano ?

— D'accord, mamie, ce piano est un bijou. Je vais te jouer mon nouveau morceau.

C'est du Debussy. Sam le joue non sans quelques petites imperfections. Il faudrait que Martha lui trouve le disque de l'œuvre exécutée par un grand pianiste.

Camaraderie

Il ne faut pas beaucoup de temps pour que Sam ramène quelques amis à la maison. La réputation de cordon-bleu de Martha s'est répandue au lycée, et c'est fou, l'appétit qu'ont ces enfants.

Sam a commencé la musique de chambre et il répète avec ses partenaires. Ils se réunissent bien sûr autour du Steinway, donc chez Martha. Cécilia au violoncelle, Sacha au violon, Sam au piano… et Martha aux fourneaux. Désormais c'est la soupe populaire, elle doit ajuster les quantités. Mais cette musique qui emplit sa maison et son âme l'inspire. Les canapés sont toujours là, ç'a été un casse-tête de caser le violoncelle. Le violoniste, lui, se glisse contre le piano. Les deux garçons ont procédé à la superposition des canapés.

Martha a presque l'impression d'être de nouveau capitaine à bord de sa classe de CM2. Elle a enseigné toutes les classes, de la maternelle au CM2, mais c'est cette dernière qu'elle aimait le plus. Les enfants étaient encore jeunes et d'une grande fraîcheur tout en étant assez mûrs pour aborder tous les sujets. C'était parfois rude, même si elle avait des enfants plutôt sages dans un quartier huppé. Les riches aussi ont leurs problèmes. Elle se demande encore où elle a puisé l'énergie pour tenir pendant quarante ans. Ça fait seulement huit ans qu'elle ne connaît plus les réveils de bonne heure et les journées surchargées. Elle a fini sa carrière comme directrice avec une demi-décharge de classe, mais avec des doutes, des questions, des problèmes d'équipe qui la fatiguaient plus qu'autre chose. Quand enfin l'heure de la retraite a sonné, elle était fin prête mais n'en revenait pas de sa liberté nouvelle. Elle se pinçait pour se rendre compte à quel point elle respirait autrement.

À présent grand-mère et chef de cuisine, ses ambitions pédagogiques lui reviennent. Elle aimerait insuffler à son petit-fils et à ses amis l'amour de la littérature, non seulement pour leur note au bac, mais pour… rien !

Lire

Sam regarde le calendrier avec satisfaction : un mois de lycée évaporé, quelques amis, le piano de ses rêves, des repas succulents. Si seulement sa grand-mère s'abstenait de lui assener un cours de français par jour ! Elle le prend pour l'un de ses petits élèves d'antan. Elle prêche la littérature : « Tu n'aimes pas lire ? C'est que tu n'as pas encore rencontré LE livre qui te parle personnellement. Pour enrichir ta vie, pour connaître le monde, rencontrer des gens et vivre des situations nouvelles, rien ne vaut la lecture. Les livres sont des boîtes à outils. Chaque histoire que tu lis te change d'une façon ou d'une autre. Tu deviens un apprenti de la condition humaine ! »

— Si tu avais la télé, mamie, elle te donnerait tout ça sans que tu aies besoin de te fatiguer.

— Rien de valable ne se fait sans fatigue ! Jouer du piano est fatigant.

— Oui, mais c'est plaisant.

— La littérature développe l'intelligence.

— L'ordinateur aussi.

— La langue est notre outil de communication. Nous devons la maîtriser.

— Tant qu'on arrive à dire : « Qu'est-ce qu'on mange ce soir ? », c'est l'essentiel.

— Très drôle. Nous allons organiser un salon du livre.

— Où ça ?

— En haut, dans les trois chambres. Invite tes amis. Chacun apportera au moins deux livres qu'il aime.

— Et trois bières ?

Curiosité

Martha accepte de se laisser entraîner par Sam au rayon ordinateurs, sous prétexte d'écouter le morceau de Sam joué par de grands interprètes. Il clique sur YouTube, et tous les pianistes du monde défilent, jouant son Debussy.

— Tu trouverais *La Vie en rose*?

— Tout ce que tu veux.

Et voici Édith Piaf qui chante, apparition virtuelle, tandis que le vendeur surgit pour de bon à leur côté.

— Puis-je vous être utile?

— J'essaie de vendre cet appareil à ma grand-mère, dit Sam.

— Excellente idée. On organise ici des cours pour utilisateurs débutants, mais avec ce modèle-là on apprend très bien tout seul.

— Hors de question, mon coco, chuchote Martha à l'oreille de Sam.

Puis, tout haut, elle explique :

— Mon petit-fils est en pension chez moi parce que je n'ai pas d'ordinateur. Ses parents cherchent à le désintoxiquer d'Internet.

Le vendeur argumente :

— Tout progrès est à double tranchant, mais on ne peut tout de même pas reprocher aux ordinateurs la faiblesse de caractère de leurs utilisateurs...

— Admets que tu es un junkie ! dit Martha à Sam.

— Ni plus ni moins que le monde entier, rétorque-t-il.

— Tu préfères jouer au foot sur l'écran plutôt que pour de vrai. Tu ne fais plus aucun sport. Tu ne vas plus à la bibliothèque.

— Pour quoi faire ? J'ai tout ça sur Wikipédia.

— Dépendance malsaine !

— Mamie, il y en a d'autres : la bagnole, le pétrole, l'électricité, le crayon, le stylo, l'épluche-légumes, le robot de cuisine...

— Il faut se muscler le cerveau, quand même.

— Justement ! C'est un outil créé par l'homme et pour l'homme. Excuse-moi, mamie, tu ne sais pas de quoi tu parles...

– Bon, je vous laisse, intervient le vendeur. Je m'appelle Marc. Si vous avez besoin de renseignements, je suis à votre service.

Secrets

Au terme de ce dimanche maussade, Sam ressent par-dessus tout les attaques de la faim. Il fouille dans la cuisine, ouvrant l'une après l'autre toutes les boîtes où Martha cache habituellement ses gâteaux.

— Arrête de grignoter !

— Comment arrêter puisque je n'ai pas commencé ?

— Alors ne commence pas, on va bientôt dîner.

— Qu'est-ce qu'on mange ?

— Une omelette aux pommes de terre. Ça devrait te caler.

— Mmmiammm. Tout ce que tu fais est si bon, mamie.

Ils mangent en parlant du *Grand Meaulnes*, puisque ce livre est au programme. Dans cette maison, Sam ne peut échapper à la lecture. Il n'y a rien d'autre à faire, car ici on est au XIXe siècle : l'ordinateur n'a pas encore été inventé, ni la télé. Que diable faisaient les pauvres malheureux du XIXᵉ siècle ?

Le lendemain, à peine son petit-fils parti pour le lycée, Martha se glisse hors de la maison. Un coup d'œil à gauche, un coup d'œil à droite, et hop ! la voilà qui file mettre en œuvre le projet qui l'a occupée une partie de la nuit. Bien sûr, il serait plus sage d'attendre l'année prochaine. Mais qui sait si elle sera encore de ce monde, l'année prochaine ?
Elle retrouve Marc, le vendeur. Il se souvient parfaitement d'elle.
— Vous avez changé d'avis ?
— Hum, je me dis qu'il faut être un peu curieux, dans la vie…
— Vous vous lancez dans une grande aventure !
— Il faut que vous me conseilliez un modèle.
— Portable ou fixe ?
— Il faut que je puisse le cacher à mon petit-fils.
— Alors prenez celui-là. Il a tout ce qu'il vous faut. Prêt à emporter !
— J'aimerais qu'on m'explique deux ou trois choses.
— Il n'y a rien à expliquer. Vous le branchez et basta.

– Et pour avoir une adresse mail ? Et pour connaître le minimum ?

– D'accord, je vais appeler un technicien pendant que vous passez à la caisse.

Le technicien installe, organise, explique et Martha note l'essentiel avant de sortir du magasin avec son trésor. De retour à la maison, elle branche l'engin dans sa chambre et le cache sous sa couette.

Sam arrive peu après. Elle a complètement oublié le déjeuner. Heureusement, il y a toujours des restes.

Fun

Sam est dans sa chambre, en train de s'obliger à lire un roman. Mot après mot, phrase après phrase, il progresse péniblement. Il lui faut un siècle pour arriver au bout de chaque malheureuse page. Il lui faudrait sans doute un peu plus d'expérience de la vie pour comprendre les actes et les sentiments des personnages qui peuplent ce livre de sa satanée liste. Pourquoi les profs vous demandent-ils d'ingurgiter des œuvres dont on n'a pas les clefs ?

Vaille que vaille, Sam poursuit sa lecture, puisque sans ordi, ni télé, ni portable, il n'y a qu'un grand vide autour de lui.

Martha et Sam se disent bonne nuit. Après le déjeuner de restes, Martha avait fait des efforts pour le dîner : une bonne daube avec pommes de terre à volonté. Sam a joué du piano toute l'après-midi. Pas de problème, il a une véritable passion pour ce clavier blanc et noir. Surtout que l'autre clavier adoré est loin…

Pas si loin que ça ! L'autre clavier du magnifique ordinateur de Martha est sous la couette. Jamais de sa vie elle ne s'est offert un tel cadeau. Elle découvre le monde au bout de ses doigts. L'installateur lui a créé une adresse mail. Dans l'après-midi, elle a téléphoné à ses amis pour leur demander la leur. À présent, elle tape des messages implorant une réponse rapide.

Puis elle cherche des recettes. Sam lui a montré comment faire. Elle tape aussi sur Google des noms de pays qu'elle visite en photo.

Elle pense à son mari qui n'aura pas connu ces possibilités de recherche. Il aurait tellement aimé ! Elle regarde l'autre côté du lit. Elle n'a jamais franchi la frontière, il est encore presque là. Ça lui donne une idée. Elle tape «Amour» et clique sur «Comment le trouver», puis sur «les sites qui marchent le mieux».

De nouveau, elle clique. «Cliquer», mot qu'elle n'avait jamais utilisé jusqu'à présent. Le site paraît sur l'écran. Elle annonce «Je suis une femme», «Je cherche un homme» et elle donne son code postal.

Minuit déjà. Elle n'aura pas la réponse tout de suite puisque la batterie est à plat. Elle sort du lit pour la recharger en cachant la chose aussi bien que possible. Elle a toujours eu hâte que le matin arrive, mais maintenant ce n'est plus de la hâte, c'est de la frénésie.

Solitude

Martha tient beaucoup à sa solitude, actuellement mise en péril par super Sam. Mais, à y réfléchir sérieusement, la solitude n'est pas toujours un cadeau. C'est aussi une prison, dont on risque de ne pas s'échapper, faute d'imagination, de volonté, de force. L'habitude d'être seul vous enferme à triple tour.

Cette année, c'est différent. Sam est là, plutôt de bonne humeur. Il n'a pas les caractéristiques sinistres et moroses de l'adolescent type. Sa mère, à son âge, était difficile, avec boutons et férocité en prime. Sam a le caractère serein, ouvert et apaisant de son père. Du moment qu'on lui sert à manger à la pelleteuse, il est content. Sauf qu'actuellement il souffre d'un manque terrible. Il rêve de se connecter à nouveau. Devra-t-il vraiment attendre ses dix-huit ans pour retrouver portable et ordinateur ? Les quelques minutes passées à la bibliothèque du lycée et en cours d'informatique ne font qu'aviver son état de manque. Chez ses copains, l'unique préoccupation est la musique. Chez lui aussi, mais il vendrait quand même son âme pour une seule petite heure de connexion par jour. Ses parents, qu'est-ce qu'ils deviendraient, eux, sans leur ordinateur, sans leur téléphone ? Ils sont soixante-dix fois plus branchés que lui ! C'est infernalement injuste.

Sa grand-mère n'y est pour rien, elle fait ce qu'elle peut, la pauvre. Elle essaie de lui transmettre la passion de la littérature, et il admet qu'une telle passion puisse se concevoir quand on n'a vraiment rien de plus stimulant à faire de son temps.

Ce matin, Martha fait du pain perdu. Elle a oublié d'acheter du pain frais hier.

— Mamie, je suis invité à une fête, samedi soir. Tu n'as rien contre ?

— A priori, rien.

— Il est question que je passe la nuit. Tu as un sac de couchage ?

Perspective alléchante, il faut bien le dire. Martha aura toute la nuit pour tapoter sur son ordi sans se cacher.

— Tes parents acceptent que tu passes la nuit chez des amis, comme ça ?

— Je l'ai souvent fait.

À contrecœur, elle lui demande pourtant de rentrer à minuit.

— Ça me rassurerait…
— Bon, si tu insistes, mamie.
— Une prochaine fois, on verra. Mes responsabilités sont encore un peu trop neuves pour moi.
— Et dimanche, on ira manger à Pigna ?
— Si tu veux.

Ivresse

Sam s'en va tout guilleret, mais pas aussi guilleret que Martha retrouvant son monstre. Elle le déménage sur la table de cuisine. Elle se serait bien installée sur la table du jardin (d'après le vendeur, pas de problème) mais elle ne veut pas s'exposer aux regards indiscrets. La cuisine est le sanctuaire de sa maison. Il est 7 heures du soir.

Elle retourne aux sites de rencontres, cette fois sans complexe, et donne son nom. Elle ne met pas sa photo, de peur d'être reconnue par ses enfants, ses petits-enfants, ses anciens élèves, mais elle répond au questionnaire.

Un petit résumé de ma vie :
Mère, grand-mère, veuve, institutrice à la retraite, j'ai lu beaucoup d'autres vies et j'ai aimé chaque étape de la mienne.

Ma vie et mes projets :

Je viens de m'acheter cet ordinateur qui va ouvrir ma vie un peu cloîtrée. Il faut que j'apprenne à me servir de cette machine que je connais encore mal.

Notre premier rendez-vous. Rappelle-moi de te raconter cette histoire au sujet de...

Je préfère voir où va notre conversation au lieu de la préparer à l'avance. On est tous à un âge où on a accumulé assez d'histoires et d'anecdotes à raconter. Il faut d'abord sentir ce que l'autre est prêt à entendre.

Les choses dont je ne pourrais pas me passer :

Je suis contente d'avoir un certain confort, mais je pense que je pourrais m'en passer. J'aime surtout ma machine à café et mon petit coussin rempli de noyaux de cerises.

Les films, musiques, séries télé, livres, genres de cuisine que je préfère :

Musique classique, surtout jouée par mon petit-fils pianiste, films en noir et blanc, toutes les cuisines du monde, pas de télé, et quant aux livres, il faudrait trois jours pour faire une première liste, mais cette année je lis pour le bac.

Les endroits que j'aime :

Tout endroit où il y a la mer, et puis les villes et

puis la campagne, mais surtout : chez moi. Je n'aime pas voyager. J'aime être où je suis.

Pour le plaisir, j'aime…

Lire ! Manger, dormir, faire l'amour (si mes souvenirs sont bons), aimer, faire la cuisine, parler avec des amis, respirer, VIVRE.

Généralement, les vendredis et samedis soir, je :

Lis, vais au cinéma avec des amis ou chez les uns et les autres.

Je suis à la recherche…

D'un cadeau de plus que me ferait la vie, un petit homme qui prendrait ma main, mes lèvres, etc. Non-fumeur, de l'humour, et aimant lire.

N'hésitez pas à m'envoyer un message si vous…

Ne me trouvez pas trop atypique, bizarre, ringarde…

Elle clique sur CONTINUER et on lui montre sept bonshommes entre 60 et 70 ans qui forment une galerie de portraits assez pathétique. Bien qu'elle soit de taille moyenne, elle choisit le seul qui mesure 1,82 m. Pour son confort, il lui a toujours fallu un homme plus grand qu'elle.

Il lui répond immédiatement, à croire que tous les gens civilisés sont collés à leur ordinateur ou leur smartphone. Il est divorcé (moins bien que veuf, car il y a souvent un élément d'amertume), n'a pas d'enfants (est-ce qu'il va pouvoir comprendre son attachement à ses enfants à elle ?) et est antiquaire (pas mal, comme métier).

Ils échangent des messages comme de vieux amis jusqu'à minuit, mais soudain Martha entend les pas de Sam. Vite, elle camoufle l'arme du crime et court au lit. Mais les pas ne montent pas à l'étage. Elle attend, attend. Il a peut-être eu faim. Elle ne veut pas qu'il puisse penser qu'elle l'a attendu. D'ailleurs, elle ne l'a pas attendu, elle a complètement oublié son existence et elle n'a même pas fini sa phrase. Son correspondant va vraiment penser qu'elle est une bourge barge.

Comme Sam ne monte toujours pas, elle descend sur la pointe des pieds. Et le spectacle qu'elle découvre ne lui plaît pas, mais alors pas du tout.

Peur

Étendu de tout son long au sommet des canapés superposés anciennement jaunes, le garçon gît tout habillé avec ses chaussures pointure 47.

De toutes les responsabilités qu'elle a envisagées, Martha n'a pas songé une minute que son petit-fils puisse se blesser, tomber malade ou mourir. Prise de terreur, elle se voit annonçant la nouvelle à ses parents.

Vite, elle va chercher le tabouret de la cuisine pour se hisser à la bonne hauteur et évaluer, à la lueur de la pleine lune, la gravité du cas.

Paniquée, elle perd l'équilibre et se raccroche à la jambe du gisant comme à une branche, faisant céder pour de bon une stabilité déjà douteuse. Les deux corps basculent avec fracas sur le piano. Le choc arrache à Martha un cri de douleur.

— Hé, mamie... pourquoi tu me réveilles...

L'haleine de Sam est un affreux mélange de bière et de whisky. Autre cataclysme que Martha n'avait pas prévu.

— Ma parole ! Tu es ivre mort !

— Ben… ça arrive…

— ÇA N'ARRIVE PAS CHEZ MOI, tu m'entends ? Et ça n'arrivera plus, ou je te renvoie à l'expéditeur !

Outre qu'elle est furieuse comme elle ne l'a plus été depuis trente ans, Martha a mal partout. Demain elle se réveillera pleine de bleus de la tête aux pieds.

— Il va falloir que tu me portes jusqu'à mon lit, je suis cassée de partout.

— C'est que, mamie… je ne peux même pas me porter moi-même… C'est pour ça que je suis resté en bas.

— Essaie quand même. Ça va te dégriser.

Tant bien que mal, Sam prend sa grand-mère comme un sac de patates sur son épaule et la monte jusque dans son lit.

— Enlève tes chaussures et lave-toi les dents. On reparlera de tout ça demain matin, 8 heures.

— Midi, mamie.

— On devait aller à Pigna.

— Tu ne vas pas pouvoir conduire demain. Va falloir te reposer. Je t'apporterai le p'tit déj au lit.
— Je le prends à 7 heures.
— C'est à négocier.

Confusion

À 7 heures et demie, ne voyant pas venir le café promis, Martha se lève douloureusement. L'avantage avec la douleur, c'est qu'on s'y habitue. Les premières marches de la descente d'escalier sont une torture, les suivantes, un simple désagrément.

Le café aidant, Martha se rend compte que le canapé du dessus est en équilibre instable. Le pousser pour rectifier sa position est malheureusement au-dessus de ses forces.

Il se met à pleuvoir, fait rare à Nice, qui met la population de la ville de méchante humeur. Or Martha apprécie cette trêve dans un ciel bêtement dépourvu de nuages et de nuances. La douce musique des gouttes sur sa verrière l'apaise. Mais elle est toujours furibonde à l'idée que son petit-fils adulé soit un ivrogne.

Elle va jeter un œil dans sa chambre. Il dort. Le

sommeil est le meilleur remède à tous les excès. Elle le laisse donc ronfler.

Elle sort son nouvel ami de sa cachette. Dissimulé à la hâte hier soir, il n'a pas été éteint et doit être rechargé. Elle ne peut donc pas se réfugier sous sa couette. Elle cherche une prise et s'installe en bas, pour renouer le fil de la conversation avec le candidat divorcé.

« *Mon petit-fils est rentré tard hier soir et j'ai dû interrompre notre échange. Il vit chez moi, cette année.* »

Le retour est rapide : « *Pour être franc, je déteste les enfants, autant mettre fin tout de suite à ce début qui n'aura pas de milieu.* »

Bon, pense-t-elle, voilà une liaison express.

Et elle retourne à la galerie de portraits pour choisir un autre postulant. De toute façon, ce sont les débuts qui l'excitent le plus.

Elle achève à peine un nouveau message qu'on frappe à la porte. Pourquoi frapper alors qu'il y a une sonnette ?

Martha va ouvrir et trouve sur le seuil une fille trempée, qui entre en laissant une flaque à chaque pas.

— Je suis une amie de Sam.

— Reste là, je t'apporte une serviette et j'en profite pour voir s'il a émergé.

Tous les muscles de son corps protestent quand Martha monte l'escalier. Elle attrape deux serviettes et va en jeter une sur la tête de Sam.

— Garçon ! Un café, s'il vous plaît !

— Mamie-eueueu !

— Il y a une fille en bas qui te demande. Elle se prétend une de tes amies.

État d'âme

Celle que Sam considérait jusqu'à présent comme une gentille grand-mère va-t-elle se révéler une sorcière ?

N'a-t-elle jamais bu un verre de trop ? Va-t-elle lui faire la morale sur la démolition des cellules du cerveau, du foie, du cœur ? Lui parler de l'hypertension artérielle, des triglycérides, des attaques cérébrales, de la violence, du cancer et de la mort liés à l'alcool ?

Il craint le pire. Sam n'est pas un alcoolique, il en est sûr ; mais de temps en temps, avec des copains, c'est bon de se laisser un peu aller à boire, non ?

Il regrette d'avoir occasionné des douleurs à sa grand-mère, elle marche tout de travers, mais après tout, il dormait tranquillement sans faire de mal à personne. Certes, il lui doit des excuses, mais elle aurait dû le laisser tranquille. Disons que les torts sont partagés.

Amitié

Sam, comateux, bouge à peine dans son lit. Tous les marteaux du piano ont migré dans sa tête et font tap-tap-tap boum. C'est dans ces moments-là que l'on se dit qu'il n'aurait pas fallu boire comme un trou!

La première chose qui lui revient à l'esprit, c'est Mona, qu'il a laissée à Paris quand on l'a exilé. Elle ne lui a pas écrit, lui non plus. Hormis les mails et les SMS qu'ils s'envoyaient par centaines, ils ne savent pas communiquer. Il ne leur viendrait pas à l'idée de s'écrire une lettre.

La deuxième pensée de Sam est pour ses parents. Ils sont gonflés, eux, qui ne vivent pas une minute de leur existence sans le secours de ces extensions électroniques du cerveau. Ils auraient dû montrer l'exemple plutôt que de l'expatrier comme ça.

Ensuite, il pense à mamie. Il a bien failli la tuer. Heureusement, il n'a réussi qu'à l'écrabouiller.

Quand enfin il descend, il découvre une scène surréaliste : mamie en train de sécher les cheveux de quelqu'un avec une serviette, et ce quelqu'un, c'est Mona. Elle explique :

— Ta mère m'a donné ton adresse. Je n'avais pas de nouvelles.

— Tu ne m'en as pas donné non plus.

— Mais tu n'as plus de portable.

— Il y a la poste. Il paraît que dans le temps les gens s'écrivaient.

— Eh bien, toi aussi, tu as mon adresse.

— C'est vrai, mais j'avais pas mal à faire pour m'organiser ici. Je te présente ma grand-mère. Mamie, voici Mona.

— Nous avons déjà fait connaissance, par cheveux mouillés interposés.

— D'ailleurs, que fais-tu ici, Mona ?

— Une fugue.

— Tu n'as pas de valise ?

— Je l'ai laissée dehors.

Martha s'alarme :

— Sous la pluie ?

— Je ne voulais pas vous effrayer. Mais... euh... votre fille m'a dit que c'est grand, chez vous ?...

— Tes parents savent où tu es, au moins ?

– Si c'était le cas, je ne parlerais pas de fugue.

Sam a recouvré son sang-froid.

– Mamie, j'ai faim, il faut que je mange. Tu as faim, Mona ?

– Je meurs de faim.

– Bon, les enfants, servez-vous de tout ce que vous trouverez.

– Mamie, tu ne veux pas nous faire ta super omelette ?

– Pourquoi pas, s'il y a des œufs.

Mona va chercher sa valise trempée, l'ouvre et en sort un vêtement de rechange suivi de… son portable.

– Oh, Mona ! Cache ça vite ! Tu nous sauves la vie ! s'exclame Sam.

Martha casse les œufs au moment où le téléphone de la maison se met à sonner.

Contentement

— Allô, maman, c'est moi.

Prise au dépourvu, et de peur d'en dire trop à Coralie, Martha passe le téléphone à Sam.

— Salut, maman, grommelle-t-il.

— Tu as l'air bien maussade.

— Comme le temps. Il pleut des cordes, ici, sur la Côte d'Azur.

— Alors tu lis ?

— Que veux-tu que je fasse d'autre ?

— Tu travailles ton piano ?

— Assidûment.

Silence.

— *Et toi, ma petite maman chérie, comment vas-tu ?* lance ironiquement Coralie.

— OK. Comment ça va, maman ? répète docilement Sam, se demandant si une mère qui bannit son fils mérite cette appellation contrôlée.

— Ben... tu me manques.
— C'est toi qui l'as cherché.
— Ton père veut te dire un mot.
— Bonjour fiston ! claironne le père de Sam.
— P'pa.
— Comment va ?
— J'ai faim.
— Mamie ne te nourrit pas ?
— Je viens de me lever.
— À plus de midi ?
— On est dimanche, papa.
— Un jour, il va falloir que tu prennes conscience d'une chose, mon garçon : la vie n'est pas éternelle.
— La vie avec ses parents, encore moins, heureusement.
— Apparemment, tu es dans un de tes mauvais jours. Qu'est-ce qui ne va pas ?
— À ton avis ?
— On en reparlera à un meilleur moment. À bientôt, ta mère t'embrasse.

Sam sait bien que les parents ont beaucoup de mal à faire face au malheur de leurs enfants. Il a joué son rôle de fils répudié, mais la vérité, c'est qu'il n'est pas le moins du monde malheureux, juste en manque des moyens de communication que des milliers d'années de progrès technique ont mis à la disposition de l'homme moderne.

— Oh! Mamie, cette omelette!

Mona dévore avec la même gourmandise, mais Martha lui donne le téléphone.

— Appelle tes parents tout de suite.

Sam a bien trop à faire avec son omelette pour suivre la transaction. Il s'exclame, dans un élan de béatitude gloutonne :

— Mamie, je veux me marier avec toi!

— Et moi, je demande le divorce.

Principes

Mona est pianiste, elle aussi. Sa valise dégoulinante contient quelques partitions gondolées de « quatre mains ».

De son lit, Martha écoute avec ravissement. Quel talent ont ces enfants ! Quel plaisir que cette musique qui emplit la maison, la pluie battante fournissant la percussion.

Les parents de Mona lui ont donné une semaine pour rentrer au bercail. Elle reprendra le train dimanche prochain. Martha est mise devant le fait accompli. Elle ne vit pas sa vie, elle la subit.

Elle a au moins conclu un pacte avec Sam : tant qu'il est chez elle, il ne boit plus, il ne fume pas, il ne consomme aucune substance. Il a fini par accepter, non sans protester.

— Quand même, mamie ! Ne pas boire et être

privé de toute communication avec le monde extérieur, qu'est-ce qui me reste ?

— L'oxygène. Tu as le droit de respirer et de lire. Il t'est permis de vivre.

— Tu parles d'une vie !

— À toi de voir. Mais promets-moi que, si tu te suicides, tu ne le feras pas chez moi.

— OK, je me pendrai ailleurs, l'année prochaine.

— Quand tu veux, mais ni sous mon toit ni sous ma responsabilité.

Martha est au lit avec son ordinateur. Son candidat lui demande une photo.

« Je viens d'acheter cet ordinateur, je ne sais pas encore envoyer des photos. »

« Il m'en faudrait une au plus vite. Le physique a une énorme d'importance pour moi. »

Ils échangent pendant un long moment. Martha oublie qu'elle a du monde à nourrir, et le lit de la chambre d'amis à faire.

Elle s'arrache de l'ordi.

Dans l'escalier, elle trouve les pianistes en train de monter le canapé du salon.

— Ce sera le lit de Mona.

— Dans ta chambre ?

— On a mesuré : il tient. Et ça me fera un canapé pour lire. On aurait pu y penser plus tôt.

— Bon. Au moins, ça nous évitera de le prendre sur la tête. Mais je n'aime pas l'idée que vous dormiez ensemble dans la même chambre

— Oh ! Mamie-eueu... On est au XXIe siècle !

— Peut-être, mais je suis du XXe et tu es chez moi.

Sam prend Martha à part dans la chambre d'amis pour lui chuchoter :

— Ne sois pas si vieux jeu. Mona est fragile, mamie ! On ne doit pas la laisser seule...

Adieu les principes.

Technologie

Martha ne sait pas du tout comment envoyer une photo. Elle bidouille un moment avant de se rappeler qu'elle n'a pas de photo récente d'elle. La dernière date d'il y a dix ans.

Elle frappe à la porte de Sam, qui est au lit avec Mona. Lui, tapant sur l'ordinateur de Mona ; elle, trafiquant sur son téléphone. Un ravissant portrait de parfaite communication !

— Est-ce que l'un de vous peut me prendre en photo ?

Mona exauce ce souhait sur-le-champ. La photo n'est pas mal.

— Peux-tu l'envoyer à cette adresse ?

Mona exécute.

Martha réintègre sa couette et tout de suite elle reçoit un message : « *Si le corps est aussi rond que le visage, pas la peine d'aller plus loin.* »

Martha répond du tac au tac : « *Je vois que je suis trop femme pour toi, et toi pas assez homme pour moi.* »
Fin d'une deuxième histoire d'amour.
Mais une autre tête clignote déjà sur l'écran.
Elle lui envoie un message et il répond.
En vers.

« Je suis un homme qui cherche une amie
Une femme accomplie sans trop de soucis
Belle dedans et pas trop vieillie
Une femme qui dit encore oui à la vie
Qui ira avec moi vers le bonheur infini
Solide et extravertie
Mais sache que pour devenir mon intime
Il faut toujours me répondre en rimes. »

Martha est amusée par cet original.
Elle répond :

« Vous m'avez décrite à la perfection
Je suis donc candidate à votre affection
Et si vous n'avez pas d'objection
Ajoutez-moi à votre collection.
Mais qui êtes-vous, monsieur le poète ?
Et quand allons-nous faire la fête ? »

Cinq minutes de pluie plus tard, elle reçoit :

*« Tout d'abord on va s'employer
À ne pas se vouvoyer.
Voulez-vous m'octroyer
Le droit de vous tutoyer ? »*

Martha sait qu'il lui faudrait commencer à préparer le repas pour ses pensionnaires, mais elle prend le temps de répondre :

*« Pas de problème de mon côté
On ne va pas ergoter, c'est noté
Mais voilà mes invités réclamant à manger
Au revoir, ami étranger. »*

— Mamie, tu dors ?
— J'arrive.
— On mange quoi ?

Participation

Martha descend ses douleurs à la cuisine et met à cuire des pâtes fraîches. Elle prépare en vitesse sa sauce au pistou. C'est un grand chef qui lui a donné cette recette qui boucherait les artères les plus saines, moyennant une quantité égale de beurre, d'huile d'olive, de crème fraîche et de fromage, le tout assaisonné de basilic et de beaucoup d'ail.

Sam et Mona lèchent leurs assiettes. Martha ne mange pas. Le correspondant qui lui a parlé de son visage rond a tiré un signal d'alarme. « Si je veux me caser, il faut que je mincisse. »

Repu, Sam, grand seigneur, range son assiette dans le lave-vaisselle et part en direction du piano. Mona le rejoint en laissant la sienne sur la table.

Martha voit rouge et sort le nez de sa tasse de bouillon.

— On débarrasse !

— J'ai mis mon assiette dans le lave-vaisselle, mamie! crie Sam du salon.

— Avec ce système-là, je ferai désormais la cuisine pour moi toute seule.

Mona ne semble pas concernée. Martha la questionne :

— Et toi, Mona, quelle est ta philosophie sur ta participation aux tâches domestiques?

— Ben... je n'en ai pas...

— Chez toi, quelle est la règle?

— Maman dit que j'ai mieux à faire... ma musique... mes devoirs...

— À ton avis, est-ce que moi, je n'ai pas mieux à faire que de débarrasser ton assiette?

— Euh... J'sais pas...

— Il y a une règle à établir et à respecter. Dans mes classes, je dressais la liste des corvées à accomplir, avec les noms des élèves qui devaient s'en charger. On va faire de même ici.

— Mais j'suis en vacances, cette semaine...

— Et moi justement je fais grève, cette semaine!... Tu comptes manger, oui ou non?

— Euh, j'aime pas trop les tâches ménagères...

— Et moi, je les aime?

— Vous en avez l'habitude.

— Les habitudes, ça se prend, figure-toi. Faisons une liste.

Martha attrape une feuille de papier et écrit :

- *débarrasser la table (Sam et Mona)*
- *ranger les courses (Sam et Martha)*
- *sortir la poubelle (Sam)*
- *porter chaussettes, slips et linge sale jusqu'à la machine à laver, plutôt que de les laisser traîner*
- *enlever les bouchons de cheveux du lavabo et de la douche (Mona)*
- *nettoyer la salle de bains après usage*
- *idem pour la cuisine*
- *faire la poussière du Steinway Grand Concert (Sam)*
- *même opération pour toutes les autres surfaces (Mona)*
- *passer l'aspirateur (Sam)*
- *arroser les plantes (Martha)*
- *étendre le linge*
- *éplucher les légumes (Mona)*
- *vider le lave-vaisselle*

— Chez nous, la voisine me paie pour que je lui fasse ses courses, remarque Mona.

— Moi je te fais Bed & Breakfast, lunch et dîner gratuits. Pas mal, hein ?

Mona jette un regard lourd à Sam et chuchote, assez fort pour que Martha l'entende :

— Je me demande si je ne vais pas rentrer chez moi.

— Ne te gêne surtout pas, ma belle, claironne Martha. Mais pas avant dimanche prochain et, d'ici là, discipline militaire ! Je compte sur vous deux pour nettoyer la cuisine sur-le-champ. Exécution !

Martha sort en ajoutant :

— Et bonne nuit !

— En principe, les grands-mères sont gentilles, non ? grogne Mona, et elle montre à Sam sa manucure :

— Je ne veux pas abîmer mes ongles.

— Elle a l'air sérieuse, dit Sam, on a intérêt à obéir. Tu auras au moins goûté ses fameuses pâtes au pistou !

Mona n'est pas convaincue. Elle fixe le vide pendant que Sam se démène.

Rapports

Le fait que Sam aille au lycée n'affecte pas trop Mona, vu qu'elle dort jusqu'à son retour.

Le fait qu'elle passe la moitié de ses journées à dormir n'affecte pas trop Martha, puisque son problème, c'est Sam, pas Mona.

N'empêche que Martha aimerait bien faire quelque chose pour cette mollassonne qui joue si bien du piano. C'est comme ça avec Martha : elle aimerait venir en aide à tous ceux qui la touchent.

Trois jours avec Mona, dont les matinées consacrées au sommeil, ne mènent pas à une grande compréhension mutuelle. Mais Mona a quand même appris à éplucher quelques légumes et à mettre des assiettes sur une table. Martha a même fini par la traîner au marché et a discuté avec elle des livres du programme. Apparemment elle n'a pas, comme Sam, la phobie de la lecture.

Elles sont en train de préparer une daube quand le téléphone sonne.

— MAMIE ? C'est Zack.

— Je t'ai reconnu, mon lapin en chocolat.

— Mamie ?

— Oui, c'est bien moi, mon doudou en sucre. Pourquoi téléphones-tu ?

— Mamie, c'est pas juste !

— Qu'est-ce qui n'est pas juste ?

Zack a exactement l'âge qu'aime Martha, l'âge de ses chéris du CM2.

— Sam est à Nice avec toi, et moi je dois rester ici avec les parents.

Il prononce « parents » comme il dirait « vers de terre » ou « ennemis mortels ».

— Noël approche, tu vas bientôt venir.

— Est-ce que, moi aussi, je pourrai rester avec toi, après les vacances, mamie ?

— Que diraient tes parents ?

— Ils diraient « bon débarras ». Ils ne s'en apercevraient même pas, ils ne sont jamais là !

— Mais tu seras en pleine année scolaire, et tu m'as dit que tu aimes ton maître…

— Oui, mais Sam me manque.

— Il ne fait que t'embêter. Profite de son absence.

— S'il te plaît, mamie !

Ce sont les mots magiques. Et, au point où on en est, plus on sera de fous...

Injustice

Comme d'habitude, Coralie a acheté de magnifiques cadeaux pour sa mère. Extravagants et luxueux, mais qui, curieusement, lui font toujours plaisir.

Martha a rangé la maison avec Sam. Les gens d'Emmaüs sont finalement passés la veille du départ de Mona, mais ils n'ont pas voulu du canapé.

— Maman, tu es folle d'avoir acheté ce Steinway.

Tel est le tout premier mot de retrouvailles émis par Coralie.

— On étouffe, ici, avec ce piano.
— Il nous enchante.
— Débarrasse-toi au moins de ce canapé !
— Je t'en prie, tu peux essayer.

Zack s'accroche à son frère comme à une bouée de sauvetage. Le sourire de l'aîné fait le tour de sa tête. Il n'a pas échappé à Martha que Zack est venu avec une valise bourrée. Mais elle a pris sa décision.

C'est l'année de Sam, et de Sam seul. Elle ne veut pas avoir à gérer les rivalités entre frères, les disputes, les chamailleries. Sam, rien que Sam, c'est déjà bien assez.

Comme d'habitude, sa fille installe son ordinateur sur la table de la salle à manger. Martha lui décoche quelques flèches de désapprobation. Où est l'exemple pour ses fils ? Sam fixe l'écran comme d'autres fixent un tajine après le ramadan. Son père a sorti les chaises longues et se prélasse au soleil en demandant :

— Pourquoi on ne s'installerait pas tous à Nice ?

Il ne manquerait plus que ça.

Martha est désormais en cuisine du matin au soir. Mais elle est contente d'avoir son monde, contente d'avoir enfants et petits-enfants.

Sam joue ses nouveaux morceaux à sa famille. Les parents sont épatés, plus de la qualité de l'instrument que des progrès du pianiste, à vrai dire.

Zack veut aussi jouer. Source de tension. « C'est à moi de jouer. – Non, c'est mon tour ! » Zack a mis dans sa mégavalise ses partitions, ses vêtements d'hiver et d'été, ses affiches, ses jouets et ses livres. Lui, au moins, il lit.

Il a fallu à sa grand-mère des trésors de diplomatie pour lui faire admettre qu'il ne resterait pas cette année. Peut-être le pourra-t-il l'année de son bac de français, comme Sam. «Un petit-fils à la fois, pour pouvoir me consacrer entièrement à chacun», tel a été l'argument de Martha.

Pour ces vacances de Noël, elle a planqué son ordinateur dans sa penderie. Le poète et ses exigences de rimes attendront. Ouf! C'est la récré!

Aspirations

Après le départ de la famille, Sam se réinstalle sans problème dans la vie à deux, plutôt à un et demi, depuis que Martha se livre aux joies de son ordinateur clandestin. Que dire aussi de sa nouvelle emplette, un petit appareil photo qui fait des films ? Elle s'est fait expliquer en long et en large le mode d'utilisation « facile », et s'est mise à faire des photos de sa maison.

Sam ne peut que le constater : depuis un certain temps les repas sont moins élaborés, sinon minimalistes. Il en est réduit à jouer les pique-assiette chez les uns et chez les autres, laissant à Martha des mots pour dire qu'il ne rentre pas déjeuner. Il aimerait pouvoir gagner quelques sous pour s'offrir de temps en temps des sushis ou autres. Il n'est pas parvenu à intéresser Martha à la cuisine japonaise.

De Mona pas un mot, pas une phrase. Elle lui manque. Cécilia, la belle violoncelliste, par contre, est là, et bien là. Sam a toujours eu un faible pour le violoncelle et les violoncellistes. Ils sont allés ensemble plusieurs fois au cinéma. Il lui a pris la main, mais n'est pas allé plus loin.

À Cécilia il s'est confié :

— Ma grand-mère est de plus en plus bizarre.

— Bizarre comment ?

— Elle reste dans sa chambre, fait le service minimum pour les repas, les courses, la lessive. Elle ne répond plus quand je lui parle. Elle semble ailleurs.

— Elle est amoureuse, peut-être.

— Mamie ? Et puis quoi, encore ! Elle est dans un état de stupeur, le regard vide, n'ayant envie de rien faire, ni promenades, ni cinoche, ni escapades en Italie.

— Il faudrait prévenir son médecin, c'est possible qu'elle soit malade.

— Tu as raison.

« Facebook, Facebook… j'aimerais bien savoir ce que c'est », se dit Martha en tapant Facebook. Pour y accéder, il faut s'inscrire. Elle s'inscrit sous son nom de jeune fille, et elle invente un mot de passe qu'elle aura oublié la prochaine fois. Elle fait le tour du site. Elle n'a pas encore d'amis.

Puis elle écrit un message en rimes :

« C'est quand même fatigant
De parler de cette façon
Pas naturel et à la fin écœurant
Se dire des choses sans rime, sans raison
Se regarder droit dans les yeux
Pour sonder le tréfonds
Serait beaucoup mieux
Non ? »

La réponse est immédiate :

« D'accord, un café, demain à 11 heures
Place Garibaldi
Tu reconnaîtras ton admirateur
Grand, beau, dégourdi. »

Bon, elle l'a cherché. Elle fera face !

Maladie ?

Mamie malade ? Sam n'y avait pas pensé. C'est vrai que son comportement a brusquement changé juste avant Noël. Elle est redevenue à peu près normale pendant le séjour de la famille, mais après elle a rechuté. Du matin au soir, elle vit (ou meurt ?) claquemurée dans sa chambre. Et puis, tout à coup, elle revient de chez le coiffeur avec une nouvelle robe.

Sam n'en a pas parlé à ses parents pendant leur séjour. Il était content de les voir (les premières vingt minutes) et de jouer les maîtres de maison. Car il a pris le pli d'aider sa grand-mère, ce qui a impressionné ses parents.

Bien que la présence de Zack ait pu faire du bien à Martha, Sam lui est reconnaissant de ne pas l'avoir ajouté à la liste de ses pensionnaires. Il est bien mignon, celui-là, mais la vie à deux, ça va. À trois, bonjour les dégâts.

N'empêche que Sam s'inquiète des sautes d'humeur de Martha.

True love

C'est vrai qu'il est beau, assis, ses grandes jambes étendues devant lui sous la table, une fossette au menton, le crâne garni de cheveux poivre et sel, mince, athlétique, élégant.

Martha subitement ne sait plus comment dire bonjour : doit-elle parler en vers ?

— Martha ?

— Michel ?

— Assieds-toi.

— Merci.

— Café ?

— Volontiers. J'adore cette place. On est en Italie, ici. Ils l'ont bien améliorée avec le tram.

Elle est soulagée, ils vont parler en prose.

— Oui, on a beaucoup de chance de vivre ici.

— Je suis originaire du Nord, j'apprécie d'autant plus ce pays béni des dieux.

Ils papotent à l'aise pendant une petite heure. Mais soudain, M. Cendrillon regarde sa montre et se lève comme un ressort.

— Il faut que je rentre. On se retrouve samedi, même heure ?

Sam sera au lycée, samedi. Elle propose à Michel d'aller le chercher et de déjeuner au bord de la mer.

— D'accord, avec plaisir.

Il s'en va sans régler les cafés, mais bon… c'est moderne.

À son retour, elle trouve Sam la tête dans le frigo. Mais, surprise ! ce matin elle s'est levée tôt pour cuisiner et les farcis sont prêts.

— Mmiamm ! fait Sam. J'adore ça ! Tu vas bien, mamie ? Comment te sens-tu ?

— Très bien. Pourquoi irais-je mal, mon chérimimi ?

— Tu es un peu… absente, ces temps derniers.

— Mais pas du tout, pas du tout ! Je suis là et bien là. Je n'aime pas trop faire la cuisine en janvier, voilà tout. Et je suis très occupée…

— Mamie, j'apprécie tout ce que tu fais pour moi. Merci.

— Tu es bien mignon. Tu lis quoi, en ce moment ?

— Devine. Je te donne un indice : *«Aujourd'hui, maman est morte.»*

— Albert Camus.
— Tu sais tout, mamie.
— Pas tout. Juste un peu de littérature française.
— Si seulement tu pouvais passer le bac à ma place.
— Si seulement je pouvais te transmettre ma passion pour la lecture.
— Laisse tomber.

Le message de Michel lui fait chaud au cœur :

« Aujourd'hui j'ai vu une femme sympathique
Et je voudrais la revoir et revoir
Un brin électrique, une promesse érotique
Je commence à y croire. »

Et Martha, libérée des conventions, écrit :

« Doucement, mon petit cœur imbécile
Calme tes rêves et illusions
Tu sais que rien n'est aussi facile
Attendons la deuxième vision. »

L'autre message vient de Facebook, c'est une demande d'amitié :

« Martha, est-ce vraiment toi ? Nous étions à l'école Vernier ensemble et puis au collège du Parc. Les hasards de la vie m'ont transportée en Nouvelle-Calédonie. Fais-y un saut, viens me voir ! »

Elle n'en revient pas. Astrid était sa meilleure amie pendant dix ans. Elle pense souvent à elle. C'est incroyable : achetez un ordinateur, vous retrouvez une amie ! Martha passe le reste de l'après-midi à raconter sa vie à Astrid.

Et il n'y a plus de farcis.

Choc

Mine de rien, sa grand-mère devient de plus en plus bizarre.

Les repas se réduisent comme une peau de chagrin, à tel point que Sam sait désormais que s'il veut manger il a intérêt à faire les courses et la cuisine lui-même. Il devient d'ailleurs assez habile dans ces deux disciplines.

Il pense de moins en moins à ses jeux vidéo, à son portable et à ses écrans. N'empêche qu'il pense de plus en plus à Mona, et, quand il y pense, ça vient du plus profond de lui, pas seulement de la tête. Il décide de lui téléphoner quand sa grand-mère s'enferme dans sa chambre. Il lui avait déjà laissé quelques messages sur son portable mais en retour elle ne semble pas s'aventurer sur les fixes.

Il joue de ce piano extraordinaire avec l'impression que les bons outils font les bons ouvriers, il lit les livres du programme, il voit ses camarades de classe le temps de la classe. Il s'inquiète. Est-il en train de devenir un garçon modèle ? À part les visites de Cécilia et de Sacha pour les répétitions de leur trio, quelques sorties au cinéma, quelques travaux d'approche concernant Cécilia, Sam a une vie très rangée. Il découvre qu'il est plutôt fait pour le soleil méditerranéen que pour la grisaille parisienne. Il parle souvent à son petit frère, qui le tient au courant de la vie familiale. Mona peu à peu n'est plus qu'un vague souvenir.

Sam est assez satisfait de sa vie ici. Le soleil quotidien l'aide à garder le moral. Le regard de sa grand-mère, quand il joue son dernier morceau, l'encourage à travailler. Elle a acheté une caméra et s'est mise à le filmer, seul ou avec le trio, en train de jouer. C'est à ces moments-là qu'elle est le plus présente.

Sam ne sait trop où elle va ni ce qu'elle fabrique. Il n'hésite pas à lui poser des questions, mais les réponses sont floues. Quand elle s'enferme dans sa chambre pendant des heures, il imagine qu'elle lit, qu'elle relit tout le programme du bac pour en discuter avec lui.

Martha a mauvaise conscience d'avoir délaissé Sam pour le beau Michel. Leurs rencontres sont toujours identiques et sans variantes : deux cafés (qu'elle règle) au même endroit, même table, même place Garibaldi ; un équilibre qu'elle n'ose pas bousculer. Il reste une heure, puis se lève à midi pile. Il a refusé ses invitations au cinéma, aux concerts ou à venir dîner à la maison. Elle prend ce qu'il veut bien donner : deux fois par semaine, une heure au café. Elle attend ces deux heures hebdomadaires et compte dessus. Elle va maintenant régulièrement chez le coiffeur, achète de nouveaux vêtements – une taille en dessous ! –, se pomponne plus que jamais.

Mais au bout de six semaines, elle a fait le tour de ces amusements. Certes, il fait des vers. Mais la rime ne fait pas le poème.

Persévérance

Martha se rend compte que son histoire rimée avec un homme marié ne rimait à rien, qu'elle était plus amoureuse de l'idée d'une romance que du versificateur buveur de café.

Elle pense à ses retrouvailles électroniques avec sa meilleure copine de l'école primaire, qui vit à l'autre bout de la Terre, et cette aventure l'incite à rechercher d'autres fantômes du passé.

Elle tape le nom de son premier flirt, disons même son premier amour, ce grand et long Arthur Colombo. Sa photo apparaît. Il est encore domicilié à Paris.

Elle planque l'ordinateur et, pour se donner le temps de la réflexion, elle descend à la cuisine. Ce soir, elle va faire un bon dîner à ce pauvre délaissé de Sam. Depuis son épisode alcoolisé, il ne lui a plus jamais donné le moindre souci, au contraire : un amour, qui remplit la maison de musique. Elle mélange œufs, oignons, tomates et ail pour faire le pain de viande qu'il aime tant. Avec des patates.

Arthur ! Il y a des photos de lui avec une femme de son âge, et de grands garçons qui doivent être ses fils. À quoi bon le contacter ?

Sam descend et, au lieu d'aller se mettre au piano, il rejoint sa grand-mère à la cuisine.

– Oh, mamie, un pain de viande ! Quelle surprise ! Ça faisait si longtemps !

– Je sais, mon Sam, ces temps-ci je te néglige.

– Tu n'es pas malade, au moins ?

Elle meurt d'envie de lui raconter ce qui lui arrive, sauf qu'elle n'ose pas avouer à quel point elle l'a trahi.

– Mais non, pourquoi ?

– Tu es devenue bizarre, tu ne parles plus beaucoup. Tu ne me harcèles même plus pour le bac de français et tu ne me donnes plus de comptes rendus exaltants de livres à mourir d'ennui.

– Tu continues à les lire ?

– Bien sûr.

– Alors c'est la bonne tactique.

– J'aime quand même mieux quand tu m'en parles. Ça me motive.

— Tu sembles assez motivé sans moi.

— Pas motivé. Soucieux… et affamé.

— Soucieux de quoi ?

— Quand un de vos proches se renferme et ne parle plus beaucoup, ça fout les boules.

— Bienvenue au club ! Tu es mûr pour être parent. Tu vois pourquoi les tiens se sont fait du souci, maintenant ?

— J'étais normal, le soir, à table.

— Tu ne te sens pas mieux, guéri de ton addiction ?

— D'un certain côté, oui, je dois l'admettre. Mais d'un autre côté, ça me démange en permanence. Et puis, pas un mot de Mona, et pour te dire toute la vérité, elle me manque.

— Tu l'as appelée ?

— Elle ne répond pas.

— Et Cécilia ? Je te pensais entiché d'elle.

— Elle est sympa, mais il n'y a pas de vraie attirance.

— Alors qu'avec Mona… ? Cette fille est tellement dans la lune.

— J'aimerais bien y être avec elle.

— Téléphone à ses parents.

— Faudrait. Un autre jour. Ce soir, je fête ton retour.

— Ce ne serait pas plutôt le retour du pain de viande ?

— Double retour. Et, mamie, tu peux m'aider avec mon devoir de français, ce soir ?

— Sur quoi ?

— Paul Éluard.

— J'adore.

Souvenirs

Les retrouvailles avec Sam n'empêchent pas Martha d'en tenter d'autres avec Arthur. Depuis qu'elle s'est bêtement inscrite sur Facebook, un tas d'inconnus lui demandent d'être leur amie, elle ne sait ni pourquoi ni comment. Elle dit oui à tout le monde… bêtement.

Alors elle demande à Arthur Colombo d'être son ami, comme à la maternelle quand on mendiait à tout venant : « Tu veux être mon ami ? » Elle repense alors à leur première rencontre. Elle n'était plus à la maternelle mais à l'école normale. Elle allait à la bibliothèque de la faculté de droit pour « étudier ». Il y avait beaucoup plus de garçons en droit qu'à normale. Ce jour-là, comme tous les jours, elle regardait plus autour d'elle que dans les livres ou dans ses cahiers, et comme d'habitude, elle allait repartir bredouille. C'est alors que, juste avant qu'elle entre dans l'ascenseur, un grand échalas avait surgi, lui barrant le passage. Le souffle court, elle cherchait quelque chose de drôle et de plein d'esprit à dire, quand, ô miracle, il avait dit en la fixant :

— Tu as de très beaux yeux.

Martha avait failli s'évanouir.

— Surtout très myopes !

Elle n'avait rien trouvé d'autre à répondre. Il n'y a que dans les films servis par de bons dialoguistes que fusent les répliques spirituelles.

— Là maintenant j'ai un cours, mais donne-moi ton numéro de téléphone, tu veux bien ?

De ce moment, Martha passait ses journées campée à côté du combiné qui se trouvait branché dans l'entrée de la maison.

Elle ne vivait plus. Ses rares sorties consistaient à passer et repasser à la bibliothèque. Là, elle balayait la grande salle de ses yeux de myope, puis s'en retournait déçue.

Enfin il lui téléphona et vint la chercher dans sa 2CV. Pour la première fois, elle roula dans une voiture à côté d'un beau garçon — et même d'un garçon tout court. Elle aurait donné son âme pour son amour, mais pas son corps, qu'il exigeait pourtant. À l'époque, certaines choses ne se faisaient pas si vite.

Brader sa virginité contre une sortie de plus ? Elle n'avait aucune expérience en la matière, et cela lui faisait trop peur.

Il avait un tel charme, une si grande culture en plus de son physique avantageux qu'il pouvait obtenir les faveurs de n'importe quelle fille. Elle ne comprenait pas pourquoi il persévérait avec elle. Elle représentait peut-être un défi pour lui, une conquête à faire. Plusieurs fois, il était revenu à la charge, au bord de la mer, dans un jardin public et finalement chez lui, en l'absence de ses parents. Au bout de six mois, il avait fini par se lasser.

Elle ne l'avait pas pleuré outre mesure, mais il lui avait laissé une impression si profonde qu'elle avait continué de penser à lui toute sa vie. Le nom d'Arthur Colombo restait gravé dans son cœur en lettres indélébiles. Dans son carnet d'adresses, sous son nom, il y avait aussi le code de sa carte bancaire.

Quoi qu'il en soit, le dénommé Arthur Colombo ne vivait apparemment pas, comme nombre de ses contemporains, scotché à son ordinateur. Et Martha ne savait pas s'il acceptait d'être son ami.

Avenir

Martha n'a qu'un œil ouvert quand elle descend à la cuisine. L'ordinateur l'épuise. Elle a passé la moitié de la nuit à chercher ceci et cela sur Google. Une imbécillité en engendre une autre, un potin échangé fait croire à une affaire importante, et même la recherche d'une paire de chaussures vous tient éveillé jusqu'à pas d'heure.

Quand elle réussit à ouvrir un deuxième œil, elle croit rêver. Sam est en train de mettre le couvert, de trancher le pain, de le griller, de sortir le beurre et le fromage et le jus d'orange du frigo. Pourtant, on est dimanche. Grasse matinée sacrifiée ?

Sam s'est surpris lui-même. Il s'est dit, avant de se coucher : il faut que je m'occupe de ma grand-mère.

— Il fait beau mamie. On n'est toujours pas allés en Italie. Ce serait pas magnifique d'y faire un saut, aujourd'hui ?

– Et tes devoirs ?

– Je les ai faits hier.

Martha réfléchit à ses projets du jour. Peut-être Arthur Colombo va-t-il lui répondre. Ses copines attendent ses messages, et elle les leurs. Elle comptait chercher une recette de soupe aux carottes et au gingembre. Elle voulait lire les nouvelles, consulter la météo pour la semaine qui vient. À part le peu probable message d'Arthur, rien de si urgent, donc.

– D'accord. Je vais téléphoner au restaurant pour réserver une table en terrasse.

Martha se sent pleine d'entrain. L'ordinateur attendra planqué sous la couette. Elle a tellement de chance d'avoir ce petit-fils auprès d'elle, il faut en profiter.

Dans la voiture, elle pense qu'il serait temps que Sam apprenne à conduire. Elle se renseignera sur son Google chéri pour la conduite accompagnée.

– Que veux-tu faire, plus tard, mon Samsam ? Pianiste ?

Mieux vaut qu'ils se parlent en route. Parce qu'une fois au restaurant Sam sera concentré sur son repas marathon.

– Certainement pas pianiste ! Trop de compétition, trop de trac, trop de rivalités, trop de coups tordus.

— Mais la musique ! N'est-ce pas magnifique d'y consacrer sa vie ?

— Tout le monde n'est pas Chopin ou Mozart. Pour les autres, c'est beaucoup de gammes, beaucoup de travail. Tu aimerais, toi, mamie, passer ta vie à faire des gammes ?

— Si j'étais douée...

— Il y a des gens beaucoup plus doués que moi. J'en rencontre tous les jours au conservatoire. Je connais mes limites.

— Quelles sont-elles, tes limites ?

— Le travail. Huit heures par jour, c'est au-delà de mes forces.

— Alors tu penses à quoi, comme métier ?

— Quelque chose dans l'informatique.

— Je comprends que tu ne veuilles pas passer ta vie à faire des gammes, mais je ne comprends pas que tu puisses préférer passer tes journées devant un écran. Tu troques un clavier pour un autre.

— Ce n'est pas une question d'écran ou de clavier, mamie. Ça se passe dans la tête. L'écrivain est devant un écran, l'ingénieur aussi, et le météorologue. Qui ne travaille pas devant son écran aujourd'hui ? Toi, tu as passé trente-neuf années emprisonnée dans une salle de classe, entre quatre murs, c'est mieux ?

— J'avais face à moi trente petits êtres pleins de promesses.

— Moi, je n'aurais pas pu. Il faut trouver ce qu'on aime, c'est tout. Je me sens vivant devant un ordi.

— Autrement, tu te sens mort ? demande Martha, qui commence à le comprendre.

— Pas mort. Coupé d'une chose vitale.

— Voilà le restaurant. Là, en haut de la colline. On va s'occuper d'une autre chose vitale.

Se soucier

Martha se serait volontiers contentée d'un menu pour deux, tant il est copieux. Mais tant pis, Sam a un tel appétit.

Après le déjeuner (onze plats) et une visite de la cité médiévale de Dolceacqua sous le soleil, Sam se décide à appeler Mona sur le téléphone fixe. Il n'aime pas trop parler à ses parents, gens froids et distants, or il n'a aucune chance que Mona décroche car elle ne répond qu'à son portable. Enfin, en temps normal. Depuis ces dernières semaines, même son message, une fugue de Bach, est aux abonnés absents.

C'est Martine, la mère de Mona, qui prend l'appel.

– Oh, c'est toi, Sam… Où es-tu ?

– À Nice. Je n'ai pas de nouvelles de Mona depuis son départ d'ici et je me fais du souci.

– Justifié.

— Vous pouvez me la passer ?
— Non, elle est à l'hôpital. Elle a eu un accident de scooter.

Martine donne cette nouvelle comme elle dirait que Mona est au cinéma, d'un ton dépourvu d'émotion. Sa mère à lui, Sam, dans le même cas, serait hystérique.

— Pas grave, j'espère ?
— Six ou sept os cassés.
— Les mains ?
— Seulement les bras.
— La tête ?
— Simples contusions.
— Les jambes ?
— Tibia fracturé.

Sam renonce à faire l'inventaire de tout le corps. Pour un compte rendu plus détaillé des dégâts, il s'adressera à d'autres sources.

— Vous voulez bien me donner son numéro, Martine ?

Sam le note et appelle Mona. Elle lui dit de très loin qu'elle aimerait bien lui parler, mais elle ne peut pas tenir le combiné.

— OK, repose-toi. Je viens la semaine prochaine, pour les vacances de février.

Il devait partir au ski avec son trio, mais Mona en miettes lui fait changer ses plans.

Martha, sous sa couette, rattrape le temps perdu en Italie. Grâce à Dieu, Sam a décidé de se passer de dîner et de se coucher tôt. La nuit est à elle. Facebook l'informe qu'Arthur accepte d'être son ami. Elle lui adresse immédiatement un message.

L'ordinateur étant toujours allumé au petit matin, elle voit tout de suite qu'il lui a répondu. Il est doyen de la faculté de droit de Paris, veuf depuis deux ans, père de deux fils adultes, et il ne se souvient que très vaguement d'elle. Il n'a plus d'attaches à Nice, mais y vient de temps à autre pour une conférence. Il lui fera savoir quand il vient.

Ce message donne de l'énergie à Martha qui se met en devoir de préparer un bon petit déjeuner pour son Sam chéri, compagnon stimulant, toujours franc et ouvert, avec ses idées toutes jeunes.

Ce matin il est préoccupé et morose.

— Tu as mal dormi, mon Samsam ?

— Non, j'ai téléphoné hier à Mona. J'annule les vacances au ski.

— Qu'est-ce qui se passe ?

— Elle est à l'hôpital après un accident de scooter.

— Grave ? s'inquiète Martha, qui a fini par développer une certaine affection pour cette jeune paumée.

— Plutôt grave pour une pianiste. Je vais aller la voir. Pas de sports d'hiver, donc.

Martha réfléchit. Elle savourait d'avance cette semaine de solitude et de libre accès électronique, en pleine lumière et confortablement installée. Mais elle fait un autre choix.

— Je vais venir avec toi à Paris, déclare-t-elle.

— Pour voir Mona ?

— Mona, bien sûr, mais surtout ma fille, mon gendre. Et mon Zack, aussi.

Elle ne dit pas tout.

Coup de cœur

Sam a vu Mona pour la première fois au conservatoire, quand ils avaient huit ans. Ceux qui disent que l'on ne peut pas avoir un coup de foudre à cet âge ne savent rien du cœur humain.

Elle était aussi peu souriante que maintenant, avec ce même regard implorant. Elle avait besoin de lui, et lui aimait qu'on ait besoin de lui.

Il se mettait en quatre pour lui arracher un sourire. La faire rire était au-dessus de ses moyens. Il essayait pourtant. Il essaie encore.

Longévité

Si son mari préféré n'avait pas eu la mauvaise idée de mourir prématurément, ils auraient fêté leurs quarante-huit ans de mariage.
Chaque fois qu'approche la date fatidique, Martha devient mélancolique. Elle passe en revue tous les plaisirs qu'il aura manqués : la naissance de leurs petits-enfants, les succès de leurs enfants, les fêtes, les joies. Il se serait bien amusé avec l'ordinateur, lui aussi.

Elle vit dans cette maison qu'ils ont choisie, achetée et retapée, où ils ont été globalement heureux, lui pendant vingt ans, elle pendant quarante. Elle regrette de ne pas avoir compté le nombre de livres qu'elle a lus ici, le nombre de copies qu'elle y a corrigées, les plats qu'elle y a cuisinés, les dîners entre amis qui y ont eu lieu. Peut-être que tenir cette comptabilité aurait ralenti le cours de son existence ?

On pourrait orner les pierres tombales de longues listes à mettre au bilan d'une vie.

Elle n'aime pas quitter cette maison, même pour quelques jours à Paris. Sa valise est pourtant ouverte comme une gueule de crocodile, prêt à mordre celle qui abandonne le navire. Est-ce qu'elle emporte son ordinateur ? Non, trop dangereux. Mais comment s'en passer ?...

Martha a retrouvé sa fille avec plaisir. Leur complicité se nourrit de silences, Martha ne posant jamais les bonnes questions, et Coralie considérant à peine sa mère comme une personne, mais juste comme... une mère.

Sam, quant à lui, ne retrouve pas ses marques. Il reste dans sa chambre dépourvue d'ordinateur et file dès qu'il le peut à l'hôpital.

Martha se prépare pour son rendez-vous clandestin.

— Où vas-tu, maman ?
— Voir une vieille amie, dit-elle en prenant le soin de changer le sexe de l'intéressé.
— Laquelle ?
— Tu ne la connais pas.
— Invite-la à dîner ici.
— Pourquoi pas ?

Arthur Colombo est resté grand et maigre comme il l'était jadis. Ses cheveux blancs n'empêchent pas Martha de le reconnaître au premier coup d'œil. Deux tasses de thé chacun, conversation fluide. Il a toujours eu le verbe facile. Il lui raconte la maladie de sa femme, son parcours professionnel, ses fils, ses projets. Elle lui raconte son année avec Sam et sa découverte de l'informatique.

— C'est la première fois que je ris depuis longtemps, lui confie-t-il. Et je me souviens de mieux en mieux de toi. Je me rappelle même que tu m'as laissé gagner au ping-pong, comme on recommandait aux filles de le faire, en ce temps-là.

— Hélas, je ne t'ai pas laissé gagner. J'étais nulle. Mais aujourd'hui j'exige ma revanche.

— Tu as une table, à Nice ?

— Oui, un peu rouillée. Et il faudra que je remette la main sur les raquettes.

— Je viendrai quand tu les auras retrouvées. Et puis non, j'en apporterai.

— Et des balles ?

— Aussi.

— Un filet ?

— Et une bouteille de champagne.

— Tu seras le bienvenu.

— J'ai gardé l'appartement de mon père à Nice, mais il est loué.

— J'ai une chambre d'amis.

— Ai-je le profil d'un ami ?

— Pour Facebook, oui.

— Et pour toi ?

— Je l'espère.

— Je t'invite à dîner ce soir ?

— Ma fille va râler, mais oui, avec plaisir.

Martha sentait qu'elle ne voudrait plus jamais le quitter.

L'humanitaire

Sam avait bien décrit les parents de Mona. Martha n'a jamais vu des gens à la fois aussi détachés de leurs devoirs de parents, et visiblement aussi accaparés par les obligations du poste « important » que chacun d'eux occupe dans son entreprise. Martha se demande comment se forgent des personnalités aussi froides et distantes, et elle comprend un peu mieux le côté enfant sauvage de Mona. Ils n'ont pas le temps d'aller voir leur fille à l'hôpital. Heureusement, ils n'ont procréé qu'un seul enfant.

Ils prennent cependant le temps de venir sonner chez les parents de Sam en vue de demander à Martha de prendre leur fille chez elle à Nice, pour sa convalescence.

– Je ne dirige pas une maison de repos, figurez-vous. J'ai pris Sam pour l'année parce qu'il est mon petit-fils.

— Mona était tellement heureuse chez vous. Elle nous a suppliés de vous le demander. Elle veut faire sa rééducation chez vous. Et puis, vous lui faites tellement de bien. Rendez-vous compte ! À son retour de chez vous, elle nous a préparé un repas !

— Je veux pouvoir me consacrer entièrement à Sam, cette année.

— Mais Sam est d'accord pour vous partager avec Mona.

— J'ai peur que cela ne le perturbe.

— Bien sûr, nous prendrons en charge tous les frais.

— Ce n'est pas une question d'argent. Si j'accepte, ce sera en dehors de considérations financières.

— Mais nous insistons sur ce point, si vous préférez, nous mettrons une somme sur le compte de Sam pour ses études.

— Je ne pense pas, à mon âge, vouloir prendre la responsabilité de sa convalescence. J'ai assez à faire avec Sam.

— Tu peux compter sur moi pour t'aider, mamie.

Happée

Une fois de plus, Martha se retrouve piégée par son incapacité à dire non. À Orly, ils sont trois, plus les béquilles, à imprimer leur étiquette de bagage, trois valises à placer dans la machine qui remplace le personnel au sol, trois à faire la queue pour passer le portique de sécurité, trois à poireauter dans la salle d'attente des navettes après l'annonce d'un retard, enfin trois à prendre place « rapidement » dans l'avion.

Ils sont trois, mais en réalité Martha est seule. Mona a prêté sa tablette à Sam tandis qu'elle-même surveille l'activité de son smartphone. Martha est chargée du transport d'une autre valisette, contenant l'ordinateur sans lequel la pauvre petite ne pourrait pas survivre à Nice. Martha meurt d'envie de cliquer et d'entendre le « ping » des messages entrants. Une dépendance est vite installée.

Impossible de garder Sam à l'écart de tout ça. Elle aurait dû au moins exiger, en acceptant de prendre Mona, que l'informatique reste à Paris. «Aurait dû» est la pire expression de la langue française.

Sam et Mona ont accepté de vivre, l'un dans sa chambre, l'autre dans la chambre d'amis. C'est déjà ça.

Il a été entendu que Mona resterait à Nice jusqu'à Pâques. Elle suivrait des cours par correspondance. Les parents de Mona ont engagé un kinésithérapeute qui viendra chez Martha tous les jours, ainsi que du personnel d'aide à domicile. Mona a promis de se lever avant dix heures pour travailler.

Et Arthur Colombo a accepté l'invitation de venir chez Martha. Il dormira sur le piano ou dans la baignoire.

Étoilé

Martha trouve sur son ordinateur un gentil message d'Arthur. Elle s'était promis de ne pas l'ouvrir avant d'avoir nourri ses pensionnaires, mais elle n'a pas tenu. C'est désormais plus fort qu'elle.

Martha doit tripler le volume de ses achats. Le Caddie est vite rempli et les assiettes aussitôt vidées. La journée est rythmée par un défilé. Le service de ménage est efficace. Les deux bonshommes ont juste soupiré et commenté dès l'entrée : « Il y a trop de choses ici ! »

Le kiné fait travailler en douceur chaque morceau de Mona qui n'est pas trop abîmé. Le reste du temps, elle traîne avec un livre et apprend à manger de la main gauche.

— Saurais-tu comment mettre ce film que j'ai fait de Sam sur YouTube ?

— Bien sûr.

— C'est un nocturne de Chopin. Sam est né pour Chopin.

— Il est doué pour tous les compositeurs. Bon, je vais le poster sur YouTube. Aide-moi, car d'une main c'est difficile ; et comme ça, tu sauras le faire.

Martha note, étape par étape, toute la manœuvre à suivre. Si elle ne notait pas, elle oublierait aussitôt.

Mona se déplace à cloche-pied sur sa bonne jambe. Les béquilles lui font mal aux épaules et aux bras. Elle se retire dans sa chambre jusqu'à l'arrivée de Sam.

Dès qu'il rentre, il va la voir.

— Mamie, je peux lui apporter un plateau ? Elle est trop fatiguée pour descendre.

— Qu'est-ce que tu crois ? Ici, c'est un hôtel trois étoiles avec room-service.

— Merci, mamie. Tu peux nous rejoindre, si tu veux.

— Non merci, je suis trop attachée à ma table et à ma chaise. Je n'aime ni les pique-niques, ni les buffets. N'oublie pas de redescendre le plateau. Je vais me coucher sitôt que j'aurai dîné.

Martha est déçue mais soulagée. D'un côté, elle aime la conversation à table. De l'autre, un dîner en solo l'aidera à mijoter ses pensées. Elle prépare le plateau de ses deux clients. Qu'ils se débrouillent avec les deux bols de soupe aux légumes. Quant aux taches et aux miettes par terre, elle est détendue puisque les duettistes du service nettoyage mandatés par les parents de Mona s'en chargeront.

Martha rédige dans sa tête un message pour Arthur. A-t-elle eu une vie avant l'ordinateur ? Elle n'en a plus aucun souvenir.

Handicap

Mona ne se plaint pas, pourtant ce n'est pas drôle d'être privée de l'usage d'une jambe et d'une main.

Chacun de ses moindres mouvements l'oblige à se tortiller, à calculer, à manœuvrer. Aller aux toilettes est devenu pour elle une expédition. Les activités les plus simples, comme composer un numéro de téléphone, exigent une science d'acrobate.

Sam accourt du lycée pour être aux petits soins auprès de la convalescente. C'est normal, pourtant Martha ne le voit pas d'un bon œil. Il lui raconte sa journée avant de lui parler de ses devoirs. Il lui a confectionné un dispositif pour tenir un livre au lit. Il s'ennuie moins, donc lit moins.

Se disputer

Martha reçoit des messages quotidiens de son amie Astrid. La Nouvelle-Calédonie est un paradis terrestre, mis à part les problèmes qui existent partout.

Arthur lui adresse une ligne par jour, qui la remplit de bien-être. Elle aimerait plus, mais elle se contente de ce qu'il peut donner. Martha, elle, est un fleuve de mots. Elle tape en réponse de longs messages pleins de tout ce qui lui passe par la tête et principalement de ses soucis : ce petit-fils qui n'aime pas lire et qu'il faut secouer, sa fille qui travaille trop au détriment des priorités de la vie, ses petits-enfants qui sont si loin au Canada et qu'elle ne voit qu'une fois par an, l'humidité qui règne chez elle, son propre corps vieillissant, la planète qui souffre, le monde qui va mal et son petit pays en crise économique…

Sam n'arrive pas à dormir. Il se dit qu'un yaourt frais l'aiderait à trouver le sommeil. En route vers la cuisine et passant devant la chambre de sa grand-mère, il surprend une espèce de tap-tap syncopé. Intrigué, il pousse la porte et que voit-il ? Un fantôme se tortillant sous la couette. Il soulève celle-ci et trouve sa grand-mère en train de taper sur... un ordinateur portable.

– Mamie, c'est pas vrai ! J'hallucine ! Tu te permets en douce ce que tu m'interdis !

– Ce n'est pas pareil. Toi, tu es mineur, soumis aux décisions de tes parents.

– Mais tu m'as décrit l'ordinateur comme le diable, l'ennemi du bien, la démolition du cerveau, la désintégration sociale, la fermeture à tout...

– À mon âge, il crée des ouvertures.

– Je ne me suis jamais caché sous ma couette, moi.

– Quand j'étais petite, ma mère n'aimait pas que je lise. Perte de temps, disait-elle. Alors je lisais sous mes draps avec une lampe de poche.

– Je n'aurais jamais cru ça de toi ! Depuis quand tu as cet ordinateur ?

– C'est toi qui me l'as montré, puis je suis retournée plusieurs fois au magasin... et j'avoue : c'est formidable.

– Alors c'est pour ça que tu te retires si tôt dans

ta chambre, que tu as arrêté de préparer des repas et que tu m'as abandonné ? À cause de cette machine infernale ?

— Infernale, c'est le mot. Je n'ai plus qu'une obsession, la retrouver et envoyer des messages. Je suis accro. Et puis, Sam… figure-toi… grâce à elle, j'ai trouvé un amoureux !

— Un amoureux ?

— Eh oui, j'aspire à rêver, à espérer, à faire des projets, à rendre le passé au passé, à avoir un avenir et aussi un présent. Et je reçois plein de messages sympas, des blagues, des chansons… Écoute ça : *«What day is it ?» asked Pooh. «It's today», squeaked Piglet. «My favorite day», said Pooh.* Je refais de l'anglais. Quelle joie !

— Mais, mamie, et moi ? Pourquoi dois-je être privé d'ordinateur ?

— Parce que, à ton âge, c'est du superflu. Ça te détourne de ton vrai travail de jeune. L'ordinateur n'est bon que pour les vieux.

— Je vais manger un yaourt.

Fugue

Martha se lève, consciente que la discussion n'est pas close. Elle convoque ses pensionnaires au petit déjeuner en agitant sa clochette, cadeau de Sam, ornée de l'inscription : « *Ring for sex* ». Mona s'en vient seule, en clopinant.

— Et Sam ?
— Aucune idée. Il n'est ni dans son lit, ni à la salle de bains.
— Il t'a dit quelque chose ? Il n'a cours qu'à 9 heures, aujourd'hui...
— Je me suis endormie tôt hier soir et je viens seulement de me réveiller.
— Comment te sens-tu ?
— Ça va. Au moins, je connaîtrais à sa juste valeur l'usage de ses deux mains, deux bras et deux jambes.

— Sam serait parti sans manger, ça ne lui ressemble pas. Je vais sortir faire des courses au marché, ce matin, si tu as des nouvelles de lui, appelle-moi.

— Tu as un portable, maintenant ?

— Oui, un modèle archaïque. Je te note le numéro. Je me fais du souci : Sam me dit où il va, d'habitude.

— Il a dû partir plus tôt au lycée.

— Sam ne part JAMAIS plus tôt. Il a eu quatre retards en deux semaines, et une heure de colle.

— Oui, il l'appelle « le palais de l'ennui ».

— Je sais. Comment lui insuffler un peu de feu ?

— Peut-être qu'il ferait mieux de rester ici. Moi, j'ai fait d'énormes progrès depuis que je ne vais plus au lycée. J'aime travailler ici avec toi dans la cuisine.

— Mais oui, chacun chez soi !... On fera une nation d'autistes, sans socialisation, sans interactions, sans amitié, sans transmission.

— Justement, il y a à redire question transmission, parce que Sam n'est pas motivé, mais certains profs non plus. Ceux qui sont surtout très forts pour faire détester les matières qu'ils enseignent.

— Tous les profs ne peuvent pas être géniaux. Il y en a des bons et des moins bons. Il faut faire avec.

— Tu es trop généreuse. Il y en a des carrément mauvais.

— La perfection n'est pas de ce monde. À nous d'être parfaits.

— Quel programme !

Martha se fait la réflexion que Mona s'exprime désormais plus volontiers, et qu'elle l'aime de plus en plus.

Elle range la vaisselle du petit déjeuner et s'en va au marché, remorquant son cabas à roulettes. En temps normal, parmi les salades, les carottes et les oignons, elle est dans son élément ; mais aujourd'hui, elle est trop inquiète. Son seul souci est : SAM. Elle l'a trahi, elle doit subir les conséquences de sa trahison. Elle prend les légumes sans choisir. Elle ne dit pas bonjour aux connaissances qu'elle croise. Son idée fixe : faire un bon déjeuner, et Sam réapparaîtra ce midi. Sinon, où le chercher ? Il n'a pas de portable !

L'absence

À 14 heures, Mona et Martha décident de manger. Elles laissent une portion des appétissants farcis pour Sam – et même une double portion. Martha n'a pas faim. Elle ne pense pas au pire, n'empêche qu'elle a l'appétit coupé.

Elle explore les recoins du jardin, puis va jusqu'au lycée, fait le tour des magasins qu'il aime bien, avant de rentrer et de téléphoner chez plusieurs amis de Sam, qui disent ne pas l'avoir vu aujourd'hui.

Quelle frousse quand Coralie appelle ! D'habitude, elle téléphone plutôt le dimanche.

— Bonjour, maman, tu vas bien ? Je peux parler à Sam ?

— Pourquoi maintenant ? chevrote Martha.

— Tout d'un coup, j'ai eu envie de lui dire que je l'aime. C'est un crime ?

— Malheureusement il n'est pas là.

— Où est-il ?
— Je-je ne-ne-ne sais pas.
— Il lui est arrivé quelque chose ? Tu es toute bizarre, maman. Pourquoi tu bégaies ? Dis-moi la vérité.
— Je ne la connais pas, la vérité.
— Mais qu'est-ce qui se passe ? Mona est là ?
— Oui.
— Ils se sont disputés ?
— Pas que je sache.
— Tu peux me la passer ?
— Je pense qu'elle dort.
— Il y a quelque chose que tu me caches ?
— ... Mmoui...
— Quoi donc ? Allez, parle !
— J'ai acheté un ordinateur.
— Et alors ?
— Sam m'a surprise en train de m'en servir sous ma couette.
— Et tu fais quoi, avec cet ordinateur ?
— Je recrute un amoureux.
— Hein ? De qui tu parles ?
— J'ai d'abord rencontré un homme marié, et maintenant Arthur, qui est veuf ; mais je cherche aussi des recettes, et je m'informe de l'état du monde, et

puis j'ai retrouvé une vieille amie de collège sur Facebook, elle vit en Nouvelle-Calédonie ; et j'écoute de la musique sur YouTube, et j'élabore des itinéraires de voyages que je ne ferai jamais, et je trouve plein de remèdes pour tous les bobos. Arthur a été mon premier amour, et Sam m'a prise en flagrant délit sur l'ordinateur hier soir.

— Maman, je n'y comprends rien. Tu es en train de me dire que tu dragues sur Internet ?

— Je m'ouvre à la technologie.

— Et Sam ? Il était convenu que tu gardes la maison *computer free*.

— Sam ne savait rien jusqu'à hier soir. Maintenant il a disparu. J'ai dû le décevoir horriblement. Penses-tu que je doive appeler la police ?

— La police, le lycée, les hôpitaux. Je prends le premier avion et j'arrive. Maman, je te trouve complètement irresponsable.

— Dis-moi à quelle heure tu arrives, je viendrai te chercher.

— Reste plutôt à la maison, au cas où Sam rentrerait.

— Tu crois qu'il va rentrer ?

— Maman, restons calmes ! s'écrie Coralie, hystérique.

Grève

Martha prend une douche et se change. C'est le premier jour depuis longtemps qu'elle ne monte pas vérifier toutes les dix minutes son courrier électronique. Dans sa chambre, elle croit voir un fantôme sur son lit, un monticule bizarre, entièrement recouvert par la couette. La surprise lui arrache un cri.

Elle soulève la couette. Ce qu'elle trouve dessous déclenche une crise de larmes. Un torrent de larmes.

— Mais mamie ! Ce n'est que moi !

— Tu as touché à mon ordinateur ? s'écrie Martha, la voix brisée.

— Non, mamie, je suis quelqu'un qui tient parole.

— Je ne t'ai jamais demandé ta parole.

— Elle allait de soi. Mais de toute façon, maintenant c'est trop tard.

— Trop tard pour quoi ?

— Pour les cinq choses qu'on ne récupère jamais. Le caillou qu'on a lancé. Le mot qu'on a prononcé. L'occasion qu'on a manquée. Le temps qu'on a perdu…

— Ça fait quatre.

— … et la confiance qu'on a trahie.

— Foutaises !

— Pas du tout ! Comment avoir confiance en quelqu'un qui trompe ?

— En discutant avec lui. As-tu mangé ?

— J'entame une grève de la faim.

— Allons, lève-toi et viens à table. Ta mère arrive. Elle croit que tu es mort.

— Dis-lui que j'ai survécu et que ce n'est pas la peine qu'elle vienne.

— Elle est déjà en route. Habille-toi et descends, il y a des farcis.

— Tu penses que je vais troquer mes principes contre un plat de farcis ? Cela dit, je ne suis peut-être pas fait pour les grèves de la faim.

— Tu réussis mieux les grèves de lycée.

— C'est plus facile. Aïe, j'ai la tête qui tourne.

— Ça ira mieux quand tu auras avalé quelque chose. Après, nous irons chercher ta mère à l'aéroport.

— Envoie-lui quand même un SMS pour la rassurer. Sinon, elle va faire un drame et vouloir me le faire payer.

— Tu es dur avec elle, ta mère t'aime plus que tout.

— Elle m'a expédié au diable.

— Merci, j'apprécie ! Tu étais consentant. Tu souffres tant que cela ici ?

— Je suis bien plus heureux ici avec toi, mamie, tu es un chef trois étoiles.

— C'est tout ?

— Je t'aime, mamie. Je veux me marier avec toi.

— C'est de l'inceste. Et puis, je suis trop vieille.

— Penses-tu que je trouverai une femme qui me fera d'aussi bons farcis que toi ?

— Tu n'as qu'à apprendre à les faire toi-même.

— C'est une idée.

Retrouvailles

Coralie a dû s'asseoir sur un banc de l'aéroport pour sangloter.

— Mais je suis vivant, maman !

— J'ai eu tellement peur… je suis si soulagée… si heureuse de te voir… Tu ne peux pas savoir ce qui m'est passé par la tête.

Sam est ému. Ils récupèrent la valise de Coralie.

— Pourquoi as-tu pris une aussi grosse valise ? Tu comptes rester jusqu'à la fin de l'année ?

— Le temps qu'il faudra pour retrouver mon fils. Et puis je t'ai apporté certaines choses, au cas où.

— Quelles choses ?

— Ton ordinateur, ton téléphone. Tu as raison, mon Sam, on ne t'a pas montré l'exemple. Il faut que tu apprennes toi-même à te restreindre. C'est ta vie, après tout !

— Alors, il peut rentrer avec toi, dit Martha, je ne sers plus à rien comme garde-fou.

— Et le piano que tu as acheté ?

— Il est à ta disposition, ma fille. C'est mon cadeau à Sam.

— Non, mais j'ai mon mot à dire, quand même ! proteste Sam. Je finis l'année ici. C'est trop bon chez toi, mamie !

— Et la trahison dont je me suis rendue coupable ?

— Elle prouve que tu restes jeune. Tu ne résistes pas à la nouveauté. J'ai fait semblant d'être fâché, en fait je suis fier de toi. En fin de compte, j'ai eu une bonne influence sur toi. Ça me fait plaisir.

— Bon, on rentre. Mona est toute seule.

— Mais oui, c'est vrai ! s'exclame Coralie. Cette chipie occupe la chambre d'amis. Où je vais dormir, moi ?

— Avec ta bonne vieille mère.

— Mais tu ronfles, maman.

— C'est ça ou le canapé ex-jaune.

Sam a saisi amoureusement son portable pour téléphoner à Mona.

— Mais c'est ton vieux portable ! s'étonne-t-elle en reconnaissant le numéro affiché.

— Eh oui, je l'ai récupéré en même temps qu'une mère. Tiens bon, on arrive.

À leur retour, la table est mise et Mona a préparé une salade resplendissante.

— Je crois que je vais rester ici quelque temps, dit Coralie.

Échec

— Désolée, mamie, dit Sam en lui tendant le devoir qu'ils ont fait ensemble. Tu n'as que 14 sur 20.

Vexée, Martha, prend la feuille.

— C'est pas possible ! J'avais fait un boulot génial.

— Parce que c'est toi qui fais le travail de Sam, maman ? intervient Coralie, interloquée.

— Détrompe-toi, il m'a aidée.

— C'est vrai, maman, dit Sam, et j'ai bien compris comment il faut procéder.

— Sam, tu ne travailles pas assez.

— En tout cas, ce n'est pas à cause des ordinateurs.

— C'est à cause de ta flemme.

— La flemme est-elle un défaut inné ou acquis ?

— La flemme est une maladie contre laquelle on se bat ! Tu es trop démotivé et tu manques de méthodologie dans ton travail, il faut que nous montions un plan de bataille.

– On va mettre une petite annonce à la fac pour trouver un étudiant qui te fera travailler.

– Et mon piano, que je suis censé pratiquer tous les jours ?

– Les journées ont vingt-quatre heures.

– Ça va coûter une fortune, objecte Sam.

– Je suis prête à faire tous les sacrifices qu'il faudra pour te voir réussir, assure sa mère.

Le bagne

C'est un fait que Sam a plus de cœur à l'ouvrage avec l'étudiant qui vient régulièrement, c'est plus pratique que de se débattre seul avec des problèmes de maths insolubles.

Il respire mieux, aussi, depuis que sa mère est rentrée à Paris et qu'elle n'est plus là pour le désapprouver. Et puis, il a récupéré son lit.

Désormais, il a tout ce qu'il pouvait espérer, y compris téléphone et ordinateur. Mais c'est comme s'il avait perdu le goût de perdre son temps. Ça le navre même un peu de voir sa grand-mère passer des heures dans la salle à manger en tête à tête avec son écran.

Elle assure le service minimum, elle prépare les repas, mais, même à table, Sam sent qu'elle est ailleurs, qu'elle a plus important à faire, que son peu de présence constitue pour elle un sacrifice, que ses amis électroniques sont plus réels que son trésor de petit-fils. Cela dit, les repas sont toujours délicieux et elle se fait un point d'honneur d'évoquer les livres du programme.

– Tu reçois une éducation de prince, avec tous ces précepteurs qui s'occupent de toi...

– Et avec un chef cuistot!

– Et des serviteurs pour le nettoyage, ajoute Mona.

– Mamie a bien un orchestre de deux musiciens à domicile...

– C'est vrai et j'apprécie ma chance. Au fait, je ne vous ai pas dit que le film de Sam au piano que j'ai mis sur YouTube enregistre à ce jour 58 397 vues.

– Sérieusement?

– Oui, je vérifie chaque matin.

– Je ne l'ai pas encore visionné, dit Sam.

– Eh bien, regarde.

Mamie se lève, trop contente d'avoir une excuse pour aller chercher son cher ordinateur.

Sam est étonné de se voir et de s'entendre. Et il se trouve trop mal habillé! Tant qu'à faire, il décide de s'appeler «le pianiste en pyjama».

Il tape «Samson François» pour montrer à sa grand-mère vidéaste quelques zooms sur les mains du virtuose.

– Ça demande des ongles impeccables.

– Les miens le sont toujours, mamie.

– Quant à moi, je n'en suis qu'à mes débuts derrière la caméra.

– Il faut que tu veilles à ce qu'elle ne bouge pas.

– Il y a un cours, au magasin d'informatique. Je vais m'inscrire.

Sam ne dit rien, mais il pense que, si une femme de l'âge de sa grand-mère veut encore apprendre des techniques, c'est bon signe pour le genre humain.

– Regarde, Sam, tous les messages que j'ai reçus aujourd'hui, dit-elle comme un enfant qui frime.

– Fais voir, dit-il pour lui faire plaisir. Mais c'est quoi ça, « 18 mars, journée sans portable ». Moi je sors de plusieurs mois sans portable !

Martha li à voix haute :

– *« Le 18 mars, journée sans téléphone portable. Alors que les preuves de la nocivité des ondes se multiplient (bla bla bla), alors que l'Assemblée nationale vient de voter en première lecture une proposition de loi modérant l'exposition de la population aux ondes (bla bla bla), faisons un geste pour notre santé et, ce jour-là, éteignons nos téléphones mobiles – et, pendant que nous y sommes, nos tablettes et autres objets connectés. Redécouvrons ainsi le plaisir d'être attentifs à ce qui nous entoure, de parler directement aux gens, d'être réellement présents à ce que nous faisons et non l'œil toujours rivé à nos écrans.* »

— N'est-ce pas, mamie ? dit Sam d'un ton de reproche.

— C'est toi qui m'as initiée, réplique-t-elle. « *Redécouvrons le bonheur de lire un vrai livre, de réfléchir, de rêver.* »

— N'est-ce pas, mamie ? Quel est le dernier livre que tu as lu ?

— Ce doit être *L'Arroseur arrosé*. « *Faisons un pied de nez aux opérateurs qui déclarent que "de toute façon on ne peut plus s'en passer", anesthésiant ainsi tout débat, car à quoi bon se poser la question de la dangerosité d'un objet devenu indispensable ? Peut-être découvrirons-nous qu'en fait on peut souvent s'en passer…* »

— C'est vrai, quoi, dit Sam.

— Et pourquoi on ne ferait pas une journée sans voiture, sans avion, sans train, à ce compte-là ? dit Mona. Ou une journée sans manger des produits toxiques industriels, ou une journée sans électricité…

— Une journée sans alcool !

— Une journée sans sexe !

— Le sexe ne nuit à personne, objecte Martha.

— À condition qu'il soit consentant, dit Sam.

— Oui, dit Martha, et avec la maturité minimale.
— Faisons une journée sans école, s'exclame Sam.
— *« Alors, le 18 mars, voyons si nous sommes capables de nous en passer, rien qu'une journée ! »*
— Tu es cap, mamie ?

Martha ne répond rien. Son sourire habituel a déserté son visage. Elle pense que ce serait trop difficile.

Racines

Martha ne fait pas souvent du shopping, mais cette journée qui annonce le printemps la pousse vers les boutiques de la ville. Elle tombe sur le magasin Les Beaux Rêves et achète un pyjama pour son pianiste. Et un autre pareil pour Mona. Cette fille s'épanouit chez Martha, tandis que ses os se recollent et se consolident. Elle se révèle chaque jour un peu plus studieuse et serviable. « Qu'est-ce qui lui est arrivé ? se demande l'ancienne maîtresse d'école. Elle doit être heureuse ici, tout simplement. »

Mona prépare le déjeuner, met la table, fait consciencieusement ses devoirs par correspondance et travaille son piano. Elle s'efforce d'être exemplaire. Elle voudrait tellement rester avec Martha jusqu'à la fin de l'année scolaire ! Elle ne veut pas rentrer à Paris dans son appartement vide. Elle sait bien qu'on ne choisit pas ses parents, mais elle pense que les forces cosmiques lui ont attribué un lot peu enviable.

Martha a l'impression de lire dans les pensées de cette jeune fille qui cherche à tâtons sa planche de salut.

— Tu as des grands-parents ? demande-t-elle.

— Oh, nous ne sommes pas très famille, même à Noël. Je ne sais pas ce qui s'est passé. J'ai dû voir une vague grand-mère, dans mon enfance, une ou deux fois.

— Je n'arrive pas à le croire. Tu ne connais pas tes grands-mères ? Elles sont vivantes ?

— Oui. Il y en a même une qui doit vivre par ici, à Cannes, j'ai entendu dire. Mais je t'adopte comme grand-mère, je ne peux pas rêver mieux.

— Comment s'appelle ta grand-mère de Cannes ?

— Nicole Polanek.

— La pianiste ?

— Oui. Tu vois, le piano est inscrit dans mon code génétique.

— Et tu n'as jamais cherché à la revoir ?

— Il doit y avoir un problème. J'en ai parlé à ma mère, j'attends encore qu'elle me réponde.

— Je suis allée à des concerts de ta grand-mère. C'est une excellente pianiste.

— Oui, j'écoute des CD d'elle en douce. De toute façon, mes parents ne sont jamais à la maison.
— Quand l'as-tu vue pour la dernière fois ?
— Il y a dix ou onze ans. Elle avait dû venir à Paris pour un concert.
— Et ton autre grand-mère ?
— Alors là, tu m'en demandes trop. Je ne sais même pas si elle vit encore.
— Côté grands-pères ?
— Nicole Polanek est divorcée, elle a largué mon grand-père on ne sait où. Je n'ai aucun souvenir de lui. L'autre grand-père m'envoie un billet de cent euros à chacun de mes anniversaires.
— Avec un mot ?
— Deux : « Bon anniversaire. »

À son retour, Sam goûte les pâtes de Mona et lui en fait compliment :
— Je vais me marier avec toi.
— Bonne idée. Comme ça, ta grand-mère sera aussi la mienne.
— Mon Sam, observe Martha, tu m'as déjà demandée en mariage, tu ne peux pas épouser tout le monde.
— Tu as repoussé ma demande, faut bien que je te remplace.

– J'ai un cadeau pour votre lune de miel.

Martha remet à chacun un paquet cadeau. Sans attendre, ils essaient leurs pyjamas jumeaux.

– Je vais vous filmer, vous êtes tellement mimis.

– Attends, mamie, on va se mettre au piano pour inaugurer le nouveau duo des «Pianistes en pyjama».

Mozart n'a jamais bénéficié d'un tel confort vestimentaire.

Notes et notes

Les notes de Sam gonflent comme des pois chiches, et il semble moins malheureux au lycée.

Au conservatoire, ça va bien aussi. Il déchiffre son morceau pour le concours de fin d'année. Il est tellement occupé qu'il en oublie ses écrans. Pas besoin d'envoyer des SMS à Mona puisqu'elle est à ses côtés. Quant aux autres, Zack n'a pas encore de portable et Sam n'honore guère ses parents indignes de nouvelles de Nice.

Depuis qu'elle ne s'en cache plus, Martha a déménagé son ordinateur à la cuisine et elle tape ses messages en faisant la cuisine. Si elle entend le « pinggggg » bien-aimé quand elle épluche les carottes, elle lâche tout, s'essuie les mains et lit le message. Elle a même trouvé la stratégie idéale pour « parler » avec sa fille, qui lui téléphone si peu : elle lui envoie des mails, et sa fille répond à chacun comme un boomerang.

Aujourd'hui Martha prépare une daube niçoise, la maison embaume le mélange de légumes, de champignons et de viande, et voilà qu'Arthur, qui se manifeste de plus en plus souvent, annonce sa venue à Nice pour dans trois semaines.

Mona, de son côté, s'ingénie à se rapprocher de la perfection. Son but est de ne plus jamais quitter Nice. Elle aime la façon dont la lumière ici pénètre tout l'espace. Elle sait maintenant qu'elle est née pour vivre au soleil. Chaque jour, elle s'étend sur une chaise longue pour absorber sa dose de vitamine D. Elle anticipe les désirs de Martha. Et comme elle sait que celle-ci ne raffole pas du silence, elle prend soin de parler de plus en plus, ce qui d'ailleurs lui fait du bien.

Ils sont tous trois à la maison quand retentit la sonnette. Sam va ouvrir et crie à travers le salon :

– Un colis, mamie ! il faut que tu viennes signer.

– Je n'ai rien commandé.

– C'est un cadeau.

L'idée d'un cadeau est toujours excitante. Un bouquet de fleurs, une boîte de chocolats, une bonne bouteille ou peut-être une belle chemise de nuit, pour la remercier des pyjamas qu'elle leur a offerts ? Elle court à la porte en disant : « Il ne fallait pas » et cherchant déjà des yeux quel vase pourra recevoir l'éventuel bouquet.

Le livreur lui tend une tablette à signer avec un stylet, et propulse dans la pièce un carton de dimensions propres à contenir un bébé dinosaure.

— De la part de mes parents, dit Mona. Il m'en faut un pour ma rééducation.

Sam se bat avec le carton, qui s'ouvre sur un vélo d'appartement. Martha ne déborde pas de joie. L'activité physique n'a jamais été son fort. Elle vénère l'immobilité, déteste les voyages, n'aime rien tant que de rester en place avec un livre, et maintenant avec son joujou électronique.

— Où va-t-on mettre ça ? Sur le canapé ?

— On pensait à ce coin-là, dit Mona en désignant la seule parcelle disponible du salon. Tu pourras en faire quand on joue, ça te fera une musique d'ambiance.

— Et quand le trio vient répéter ?

— On le mettra dans la salle à manger.

— Mamie, tu as oublié le mot magique, hasarde Sam.

— Merci, dit Martha, hésitante.

— Tu sais, mamie, il ne suffit pas de lire ou de googler, ou de faire la cuisine. Il faut entretenir son corps.

— Qui te l'a dit ?

— Mon prof de sport, qui est le meilleur de mes profs.

— Qu'est-ce qu'il a de spécial ?

— Il sourit tout le temps.

— Les autres profs ne le font pas ?

— Jamais. On l'appelle par son prénom, comme un pote : Raphaël.

— Ça suffit pour transmettre la passion du sport ?

— Non, mais ça aide. Il connaît chaque muscle, il connaît des milliers d'exercices. Il les fait avec nous. C'est peut-être ça le problème, certains profs qui parlent, prêchent, pontifient, mais ne FONT pas. Ils répètent les mêmes trucs depuis le début de leur carrière, sans se renouveler. Avec Raphaël, un cours ne ressemble jamais au précédent ni au suivant. On finit le cours plus vivants qu'on ne l'a commencé.

— Alors, comment ça marche, ce truc ?

— C'est simple, mamie. Tu t'assois et tu pédales, comme sur un vélo normal.

— Je n'ai jamais fait de vélo.

— C'est pas vrai ! On va t'apprendre. D'ailleurs,

mamie (Sam brandit une enveloppe), je t'ai inscrite au cours de Raphaël pour les seniors.

— Oh, tu sais, mon chérimimi… je suis assez occupée, cette année, avec mes deux ados à nourrir…

— Je ferai la cuisine les jours de ton cours, dit Mona.

— Fais-nous confiance, mamie. C'est pour ton bien.

Martha est à cheval sur le vélo, et elle pédale. C'est tellement pour son bien qu'elle sent venir la crise cardiaque.

Attentes

Martha ne retrouve un semblant de souffle que quand elle peut enfin se réinstaller face à l'écran de sa machine préférée. Elle cherche la page Facebook de Nicole Polanek, la grand-mère fantôme de Mona. Dans l'actualité de cette pianiste, Martha voit qu'elle s'apprête à donner un concert avec l'Orchestre Cannes-Provence-Côte d'Azur. Elle réserve trois billets sur Internet, conformément à son nouveau mode de vie.

Mona est maintenant presque tout à fait rétablie. Les deux pianistes en pyjama sont assis sur le tabouret deux places et jouent à quatre mains, et Martha les filme. Les vacances de Pâques approchent, plus que deux semaines avant la fin du séjour de Mona. Martha sait que cette fille veut rester au soleil et elle aimerait pouvoir la rendre heureuse. Mais elle veut retrouver son intimité avec Sam et elle sait qu'elle ne peut pas remplacer une famille qu'elle possède déjà. Sam l'accompagnera à Paris pour les vacances tandis que Martha attendra ici la visite d'Arthur.

Pour le moment, Martha ne révèle à ses pensionnaires ni le programme du concert ni le nom de la soliste. Elle les a embarqués dans sa voiture et maintenant se gare sous le Palais des festivals, à Cannes, après quoi elle les fait s'asseoir sur leurs sièges, tout près de la scène.

Quand la pianiste s'avance vers le piano, Mona chuchote :

— Ah, je comprends !...

Après le concert, les deux jeunes prétentieux échangent quelques analyses et critiques, mais font surtout l'éloge de l'interprète. Selon ses plans, Martha les conduit vers les loges.

— Je ne veux pas la voir, grogne Mona. Je vais lui dire quoi ? Elle ne va pas me reconnaître. J'avais cinq ans la dernière fois qu'elle m'a vue. Je ne connais pas l'histoire de la brouille familiale, mais je préfère rester en dehors de tout ça.

— Tu te présentes, simplement, et tu la félicites. On verra après.

Au moment où Martha frappe à la loge, Mona se dérobe et prend la fuite. Sam lui emboîte le pas.

Martha se retrouve seule. Nicole Polanek ouvre la porte.

— Oui ?

— Bonsoir. J'étais venue pour vous faire rencontrer votre petite-fille, Mona, mais elle vient de s'échapper. Alors je me contenterai de vous adresser tous mes compliments pour votre remarquable exécution.

— Merci, madame. Mais… que fait ma petite-fille ici, avec vous ?

— Oh… Mona a eu un accident de scooter. Comme elle est très proche de mon petit-fils et qu'elle était déjà venue quelques jours à la maison, ses parents m'ont demandé si elle pouvait faire sa rééducation chez moi.

— Ça ne m'étonne pas d'eux. Ils se sont toujours débrouillés pour ne pas s'occuper de Mona. Je me suis disputée avec ma fille. C'était insupportable de la voir répéter les mêmes erreurs que j'ai faites.

— Vous-même, vous n'avez pas vu Mona depuis dix ans ? Vous pouvez peut-être mettre fin à cette situation.

Nicole Polanek jette à Martha un regard glacial.

— Il n'est pas certain que ça vous regarde.

Martha, désarçonnée, baisse la tête. Puis elle la relève et décoche un grand sourire.

— Vous avez raison, cela ne me regarde en rien, à part que votre petite-fille est malheureuse, et que cela me touche. Pardonnez mon indiscrétion. Merci pour la soirée. Vous êtes une merveilleuse musicienne.

La pianiste, après un silence, se met elle aussi à sourire.

— Excusez-moi, je suis encore sous tension. Voulez-vous me laisser votre numéro de téléphone ? Je vous appellerai demain. Et avec votre permission, je viendrai rendre visite à ma petite-fille chez vous.

Explications

Au coup de sonnette de Nicole Polanek, le premier réflexe de Mona est de se cacher derrière la porte. Mais Martha la prend par les épaules et l'empêche de s'échapper.

— Voici votre petite-fille. Comme vous le constatez, elle n'en mène pas large.

Nicole s'avance et enlace Mona.

— Moi aussi, Mona, j'avais peur en venant ici : peur que tu ne m'en veuilles de mon silence. Je crois que, dans la famille, nous nous passons ça de génération en génération.

Mona sourit à travers ses larmes.

— Ça serait un peu comme nos yeux verts en amande et nos doigts effilés ?

— Oui, une timidité génétique à base d'orgueil. Mais toutes les deux, nous allons tâcher de surmonter ça. D'accord ?

— Oh oui... euh... Nicole ?

— Oui, oui, appelle-moi Nicole. « Bonne-maman », ça nous prendrait bien un an ou deux !

Nicole embrasse Martha et Sam.

— J'ai vu vos numéros sur YouTube, « Pianistes en pyjama ». Martha m'a donné le tuyau. On voit que vous aimez le piano et que vous êtes à votre affaire. Il est vrai que, quand on est amoureux, tout est plus facile.

— Merci... euh... Nicole, dit Mona. (Elle regarde par la fenêtre.) Et pourquoi vous êtes fâchées, avec maman ?

— Mon obsession professionnelle a tout dévoré. Ma fille a cru que je ne l'aimais pas, du moins pas autant qu'elle aurait voulu. Et sans doute avait-elle raison. Je vais essayer de me racheter avec ma petite-fille.

Nicole se tourne vers Martha.

— Vous voulez bien venir dîner chez moi ? Je ne sais pas faire la cuisine, mais j'ai un excellent traiteur.

Nicole Polanek semble vouloir rattraper le temps perdu car, pendant deux ou trois semaines, elle vient tous les jours voir sa petite-fille. Martha y gagne une nouvelle pensionnaire : Nicole ne refuse jamais que l'on ajoute son couvert. Elle aussi prend goût à la cuisine de Martha.

Elle fait même travailler les deux jeunes pianistes avec beaucoup d'entrain. Elle se laisse aller à évoquer parfois quelques-uns de ses maris, y compris le grand-père de Mona. Se trouvant actuellement dans l'intervalle entre deux maris, elle paraît assez satisfaite de son célibat.

Mona lui propose de faire le voyage jusqu'à Paris avec elle pendant les vacances.

— Comme ça, on fera toutes les deux la paix avec maman !

— Ma pauvre Mona, ça m'est malheureusement impossible. J'ai mon agenda bloqué jusqu'en janvier. Je ne peux pas annuler mes concerts. Sauf cas de force majeure.

— Mais c'en est un, euh... Nicole...

— On verra... Je te laisse mon numéro de portable. Appelle-moi quand tu veux, laisse-moi des messages, je te rappellerai toujours.

Sursis

Le service de nettoyage prend fin avec le départ de Mona, mais le vélo d'appartement demeure. Martha pédale, bon entraînement pour une remise en état de la maison. La tâche n'est pas insurmontable. Mona n'a rien laissé derrière elle. Sam est parti avec sa petite valise. Et miracle ! le canapé ex-jaune a été enlevé par le service municipal des objets encombrants. Le piano est là, bien sûr, silencieux, majestueux.

Martha a ajouté à ses rangements un programme de beauté express : soins des cheveux pour cacher ses racines blanches, épilation des jambes, soins du visage et achat d'une robe sobre et passe-partout.

Arthur arrive demain.

Martha lit *Le Monde* en ligne, pour y pêcher des sujets de conversation. Elle se rend compte qu'elle n'a pas mis le nez dans un vrai livre depuis des mois, alors elle empile quelques volumes de Proust sur sa table de chevet.

Elle prépare son poulet au pastis et une tarte Tatin. Elle lit une phrase de Proust (trois pages !), fait deux minutes de vélo et une gamme de do au piano, met la table, tourne en rond. Ça fait longtemps qu'elle n'a pas été aimée par un homme. Sera-t-elle encore capable d'en émouvoir un ?

Si aimer veut dire ranger une maison et concocter un repas, c'est bon. Mais elle s'inquiète au sujet du rapprochement physique. Comment s'y prend-on ? Quand elle avait 19 ans, Arthur était un sacré dragueur. Est-ce qu'il aura autant de désir à 70 ? Et elle, saura-t-elle faire ce que l'on est censé faire naturellement ? Comment être naturelle quand tout ça semble devenu si artificiel ? Jusque-là, à part la rencontre assez distante à Paris, leur relation est entièrement virtuelle.

Une nuit d'insomnie n'arrangerait pas son cas. Pour trouver le sommeil, elle lit encore quelques pages de Proust et s'endort. Sa vie s'est améliorée depuis que l'ordinateur a quitté son lit pour migrer un étage plus bas. C'est comme pour la nourriture : elle a la flemme de descendre grignoter et c'est tant mieux. Quand elle éteint l'ordinateur, c'est désormais pour la nuit entière.

Le matin arrive sans s'annoncer. Martha se régale d'un petit déjeuner solitaire sans avoir à se soucier du réveil de Sam ou de Mona. Elle prend une douche en faisant attention à sa coiffure. Elle s'habille langoureusement, met la main sur ses clefs de voiture et roule jusqu'à l'aéroport. Elle se gare dans le parking souterrain — une des phobies contre lesquelles elle se bat.

Et elle va à la rencontre d'Arthur Amour Colombo.

Réconciliations

Sam s'est réfugié aux toilettes pour parler avec Mona. Ils se racontent leurs retours chez papa-maman.

— Toi ? demande Mona.

— Normal. Maman a fait un canard à l'orange. Papa est rentré tard du travail. L'inévitable dispute. Zack a dansé autour de moi comme si j'étais le Ballon d'or de l'année. Malgré ses efforts, la cuisine de ma mère est très loin derrière celle de mamie. N'empêche qu'ici je me sens chez moi.

— Grâce à ta faculté d'adaptation. Moi, je me sens mal à l'aise. C'est comme si mes parents avaient peur de moi, et j'ai peur de leur peur.

— Pourquoi leur ferais-tu peur ?

— Parce qu'ils ne savent pas comment me plaire. Ils sont crispés.

— Et avec ta grand-mère ? Comment se sont passées les retrouvailles ?

— Houleux.

— Raconte.

— Ils devraient tous faire un stage chez ta grand-mère. Ç'a été une vaste engueulade : « Je n'ai jamais dit un truc pareil ! » « Si, tu l'as dit, tu as dit que je ne savais pas élever ma fille ! Comme si tu avais le droit de juger, toi dont les concerts ont été toujours plus importants que ta fille à toi… », etc., etc., etc.

— Comment ça s'est fini ?

— Maman est partie en claquant la porte. Grand-mère nous a invités, mon père et moi, au restaurant. Et grand-mère va écrire une lettre à sa fille, en espérant que l'échange soit moins violent par écrit.

— Quand vont-elles enfin grandir ?

— Ça ne sera jamais l'amour, entre elles. Mais j'aime bien cette grand-mère toute neuve. Elle m'a invitée à dormir au Ritz après son concert de ce soir à la salle Pleyel. Je n'ai jamais mis les pieds dans un palace. Oups, j'ai failli oublier, elle m'a donné un billet pour toi aussi.

Tentatives

L'homme qu'elle accueille à l'aéroport lui fait le même effet qu'il y a cinquante ans. Martha le trouve trop beau pour elle, grand, mince, distingué, cheveux abondants bien que grisonnants, yeux étincelants, sourire au coin des lèvres.

Pas de silences avec lui, il s'intéresse à la politique, à l'environnement, à la littérature, à l'art, à la musique, au théâtre, à l'archéologie.

Il se révèle même fin jardinier. Dès leur arrivée chez Martha, il se met au travail.

— Je ne supporte pas de voir souffrir les plantes.

Si Martha devait rédiger une petite annonce pour trouver l'homme idéal, elle n'aurait qu'à s'inspirer du modèle qu'elle a sous les yeux : « *Cherche homme, 65 à 80 ans, bien conservé, énergique, qui aime parler, jardiner, qui aime mes petits-enfants, qui aime la vie sans trop de regrets, d'amertume, d'hostilité, de secrets et qui n'a pas renoncé à vivre pleinement et à partager la joie de chaque moment.* »

Arthur est déjà en train d'astiquer la table de ping-pong, de tendre le filet qu'il a apporté et de sortir les raquettes et les balles. Il y a des gens comme ça, qui savent se rendre utiles et ne se gênent pas pour foncer. Le partage des tâches se fait naturellement : Martha réchauffe le déjeuner préparé à l'avance.

Ils mettent la table dans le jardin. Nice offre de telles occasions, avec son soleil généreux qui tombe pile sur la terrasse. Martha constate avec chagrin qu'Arthur n'est pas un gros mangeur. Quand on a passé des heures à peler, couper, rissoler, rôtir, braiser, mijoter, c'est une satisfaction de voir le résultat aiguiser l'appétit des convives. Arthur réserve un autre usage à sa bouche : il parle des incompétents qui dirigent le monde.

— Pourquoi n'as-tu pas fait de la politique, toi qui es avocat et doyen de la faculté de droit ?

— Je suis un théoricien, pas un praticien. J'ai été tenté, un moment, mais j'avais trop à faire avec mon cabinet, l'université et ma famille. Il faut pouvoir caser tout ça.

— Et vivre.

— Pour moi, le travail et la vie sont liés. Mon travail est ma vie, ma vie est mon travail. Et toi ?

— J'étais très engagée auprès de mes petits élèves, mais j'ai toujours séparé vie de famille et travail. Je savoure l'existence depuis ma retraite. Il y avait tant de choses embêtantes, les copies à corriger, l'administratif, les collègues difficiles.

— Et cette année avec ton petit-fils ?

Martha raconte la trahison dont elle s'est rendue coupable, la découverte de l'ordinateur, la déception de Sam, le parachutage de Mona ; elle évoque les nouvelles questions qu'elle se pose grâce à la présence des jeunes — et des nouvelles technologies.

— Je n'ai pas de petits-enfants, dit Arthur, et j'ignore si j'en aurai. En tout cas, c'est une belle expérience.

— Ç'a été une année extraordinaire, mais les précédentes l'étaient aussi. J'ai également appris que je peux vivre avec d'autres aussi bien que seule.

Arthur a des rendez-vous après le déjeuner. Son énergie est sans bornes. Celle de Martha est plus discutable. Le départ d'Arthur lui donne l'occasion de faire sa sacro-sainte sieste, de consulter ses mails chéris et de téléphoner à Sam, qui lui manque.

Sam d'abord.

— Tu vas bien, mon chérimimi ?

— Oh, mamie, j'allais t'appeler, tu me devances.

— Qui devance en âge devance en gestes.

— C'est un proverbe, ça ?

— Je viens de l'inventer.

— Tu vas bien ? Tu profites qu'on ait dégagé ?

— J'ai à la maison cet ami Internet dont je t'ai parlé. Une sorte de premier amour.

— Un homme chez toi ??

Martha sait que les enfants n'aiment pas imaginer la sexualité de leurs parents, encore moins celle de leurs grands-parents. Mais quelle sexualité, d'abord ?

— Oui, l'homme idéal, mon Sam, comme toi. Mais qui en plus aime lire.

— C'est quoi, l'homme idéal ?

— À vrai dire, il n'existe pas. Il faudrait parler de l'« homme parfait pour moi ». Ce n'est pas un absolu.

— Donc, pour toi, c'était pépé ?

— Je l'aimais mais il avait ses défauts. Il pouvait être dépressif, morose, renfermé, silencieux…

— Mais tu es restée avec lui.

— Il était brillant, drôle, boute-en-train… éblouissant !

— Dr Jekyll et Mr Hyde ?

— Oui. Il y a toujours plusieurs facettes chez tout

le monde. Toi non plus, tu n'es pas toujours de bonne humeur, ni moi. Pépé a eu une enfance tragique qui a laissé des traces. Mais quand il entrait dans une pièce, le soleil se levait pour moi.

— Tu ne t'es jamais sentie flouée ?

— Ça m'est arrivé. Je fantasmais sur un mari qui aurait été mi-Fred Astaire entrant dans une pièce en dansant, mi-Einstein, mi-Freud, mi-Moïse...

— Ça fait beaucoup de moitiés, mamie.

— C'est bien le problème ! On ne peut pas tout avoir dans un seul homme.

— Le plus important, c'est quoi ?

— C'est indéfinissable. C'est l'alchimie, la chimie, le mystère. Pour moi, c'est l'envie de le toucher. Tu sais combien j'aime toucher les gens autour de moi, physiquement. Si je n'ai pas envie de les toucher, ils ne peuvent pas être mes amis.

— Et Pépé se laissait toucher ?

— Sans trop de difficultés.

— C'est tout ? Il aimait te toucher aussi ?

— Assez probablement pour que tu sois là à me le demander.

Failles

Arthur est bien élevé et discret. Il a tout de suite repéré où se trouvent les assiettes et les couverts pour mettre la table. Il nettoie après le repas, qu'il complimente à sa juste valeur. Sa conversation est variée, vivante. Il jardine, change les ampoules, bricole dans la maison, fait disparaître ce qui traîne, s'attaque au rangement du placard à outils, donne à Martha des astuces pour mieux exploiter son ordinateur, accepte toute suggestion de sortie avec enthousiasme, achète des plantes et des fleurs, des fruits bio et rapporte une surprise chaque fois qu'il sort. C'est l'invité parfait.

Malheureusement, ce n'est pas l'homme parfait pour elle. Une semaine en sa compagnie réelle, c'est six jours de trop pour Martha, qui a hâte de retrouver le compagnon virtuel. L'homme imaginaire est tellement plus réjouissant que l'individu en chair et en os. Pourquoi ? se demande Martha. Il est intelligent, drôle, beau.

Mais il n'a pas fait la plus minuscule tentative pour lui prendre la main, dans la rue, au cinéma ou au restaurant. Bon, au restaurant, il était encombré d'une fourchette et d'un couteau. Mais dans la rue, il marchait, mains ballantes et disponibles. De son côté, elle aurait pu prendre l'initiative d'en attraper une, mais, à la vérité, elle n'en a pas eu envie. Il n'a pas essayé non plus de l'embrasser, ni même de la toucher. Elle-même, si câline avec tout le monde, n'a pas tenté le moindre contact physique. Où est l'attirance fatale ?

Elle le reconduit toute guillerette à l'aéroport. Elle va être débarrassée de ce fardeau exemplaire et irréprochable. Quelques jours de solitude béate, et elle retrouvera son glouton préféré, son souci adoré, son casse-pieds chéri, son voyou impossible, son Sam affectueux et câlin.

Calme

Sam a tout pour être heureux : le soleil, son portable, de bons petits plats, son ordinateur, une chambre à lui, un piano à queue, un pyjama pour en jouer, quelques amis sûrs, une grand-mère discrète, des parents à plus de mille kilomètres de distance, sans oublier un petit frère d'autant plus adorable qu'il est loin et... Mona à moins de trente kilomètres de Nice ! Sa mère et sa grand-mère se sont au moins mises d'accord sur ce point : elle finira l'année scolaire en suivant des cours par correspondance chez sa grand-mère retrouvée, pendant le séjour en Chine de sa mère.

Mamie et Sam sont face à face, de part et d'autre de la table de la salle à manger, devant leurs écrans respectifs.

– Tu ne m'as rien dit sur le monsieur qui est venu pendant les vacances.

— Arthur Colombo. Grand, maigre, beau, intelligent, sobre mangeur, doyen de faculté et d'excellente compagnie.

— Tu vas te marier avec lui ?

— On ne se marie plus à mon âge.

— Ce serait l'occasion d'une fête.

— On fera la fête pour ton bac. Éteignons nos ordis et voyons tes devoirs pour demain.

Sam aime faire ses devoirs avec sa grand-mère. Ça lui rappelle le CP, quand sa mère avait encore une minute pour le faire lire tous les soirs et qu'il trébuchait sur chaque mot.

Les devoirs ! Il aimerait mieux vivre sur un petit nuage où il n'y a pas de devoirs. Mais sur un nuage, est-ce qu'on mange ? Sam a pris un peu goût à la lecture, car il a découvert que les livres vous emmènent loin de la réalité, ou tout près de la réalité, mais par pages interposées. En tout cas, quand il lit, il est ailleurs, comme quand il joue du piano. Si on pouvait injecter un tel pouvoir d'évasion dans les maths, la physique, l'histoire, les remplir d'hélium, les gonfler d'humour, de sourires, de tout ce qui peut faire oublier cette angoisse larvée d'un avenir incertain…

Bananes de minuit

Sam a du mal à dormir. Ça ne lui arrive pas souvent. Non qu'il ait faim : il pense seulement qu'il a faim. Il n'a pas dit à Martha qu'il avait à nouveau été collé pour ses retards au lycée. Ses notes se sont améliorées, mais il n'arrive toujours pas à se mettre en route le matin. Il se sentirait déshonoré d'arriver avant l'heure, de poireauter devant le lycée. C'est arriver pile à l'heure qu'il vise, et c'est difficile. Le tram et le bus n'y mettent pas toujours du leur.

Il y aura donc encore une scène quand ses parents l'apprendront sur le site du lycée – eux qui ont à peine le temps pour être parents, mais assez pour être flics. Sa mère criera, mamie se sentira coupable. Il sait que l'on pourrait lui retirer son téléphone une seconde fois et le priver de ses vacances d'été. Mais ce qui l'embête le plus, c'est de décevoir les gens qui l'aiment et qu'il aime parce qu'il est incapable de vivre sa vie selon LEURS principes.

Il descend à la cuisine. Martha a acheté une tonne de bananes, alors il mange sa première à minuit. Il a toujours été fasciné par les bananes dont les bienfaits sont connus contre la dépression, la nervosité, le stress, l'anémie, la constipation, les brûlures d'estomac, les ulcères, les crises cardiaques. « Si on mange des bananes, pas besoin de médecin. »

Il en détache une deuxième, la pèle, enlève chaque fil et savoure les trois sucres naturels du fruit : saccharose, fructose et glucose. Sam sent sa dépression naissante se dissiper et ses futures crises cardiaques battre en retraite.

À sa troisième banane, c'est un monde de protéines, de fibres, de phosphore, de vitamines et de minéraux qui s'ouvre à lui.

Il en prend une autre.

Il sait maintenant pourquoi les singes sont heureux : ils mangent des bananes.

Sam en avale encore une. Ce festin de bananes l'inspire. Il prend un stylo parmi la douzaine que Martha laisse sur un meuble de cuisine et écrit au dos d'un imprimé publicitaire :

« Pas besoin d'être toxicomane
De chercher de faux paradis
Il suffit de manger des bananes
Adieu tristesse et maladies.

Si tu veux être heureux même au lycée
Mets une banane dans ton sac
Tu n'auras plus envie de te zigouiller
Et, garanti, tu auras ton bac. »

Suivant son élan créatif, il se met en route vers le piano. Mais jouer à cette heure réveillerait sa grand-mère, les voisins, la ville entière. Alors il se console en reprenant une banane.

Martha a dû entendre le va-et-vient du singe dans la cuisine. Elle descend et le trouve en pleine orgie bananière, entamant la dernière du lot.

— Il en reste une pour moi ?

— Pour t'exprimer ma gratitude et mon estime, mamie, je t'offre la moitié de la mienne.

Devoirs

Sam regarde sa feuille blanche. Le sujet est là, son stylo aussi et assez de papier pour écrire trois kilomètres de commentaires. Il relit l'extrait. Le relit encore. Et puis encore.

Sa grand-mère lui a bien dit de faire comme si c'était le bac, et de ne pas bouger avant d'avoir fini. Mais les mots ne viennent pas. Juste un point d'interrogation : qu'est-ce que je fais ici à tourner en rond dans ma tête et à me morfondre sur un devoir qui ne sert à rien ?

Le pire est que le temps passé sur ce vrai-faux devoir le prive de piano, de Mona ou d'une virée à la mer, ou encore de ne rien faire. Sa tête est comme bloquée dans un étau, ses pensées coincées dans son cerveau, inexistantes, mort-nées. Il donnerait tout pour que quelqu'un planche à sa place.

Au bout d'une heure, Martha décide d'intervenir.

— OK, Sam, passe-moi le sujet.

Elle lui donne quelques idées. Il les note : au moins, voici quelques mots pour noircir sa feuille.

Un peu plus tard, il appelle sa grand-mère, annonçant qu'il a écrit une page.

— J'ai choisi le sujet d'invention.

— Ça te correspond bien.

— Je te le lis ?

— Vas-y !

Ce n'est pas mal. Sam écrit bien, quand il s'y met — encore faut-il qu'il s'y mette et pas au siècle prochain. Mamie l'encourage à continuer. Combien de pom-pom girls faudrait-il pour le pousser jusqu'aux trois pages ?

Il faut qu'elle trouve autre chose.

Pyjamas et piano

C'est Martha qui répond. Sam ne prend jamais le téléphone, de peur que ce soit ses parents qui posent des questions indiscrètes sur le lycée et sur ses notes.

Sam entend une série de oui.

— Oui… C'est mon petit-fils… Oui… Oui… Oui… C'est parce que je lui ai acheté un pyjama… oui, il s'est mis à jouer et je l'ai filmé, oui… voilà… Vous voudriez lui parler ?… Est-ce que vous pouvez rappeler dans une demi-heure ?… Il sera de retour.

Martha raccroche.

— Mais je suis là, mamie.

— Je sais que tu es là ! Je voulais juste pouvoir te préparer, que tu ne sois pas pris par surprise. Car c'en est une, de surprise !

— On m'offre un autre pyjama ?

— C'est un type qui a vu le film sur YouTube, et qui a aimé.

— Il aurait pu mettre un commentaire sur le site. Comment a-t-il eu ton numéro ?

— Je ne le lui ai pas demandé. Il préside une association… jeunesse musicale ou je ne sais quoi, en tout cas c'est un passionné de musique classique.

— Et alors ?

— Il voudrait que tu donnes un concert devant trois cents jeunes.

— En pyjama ?

— Oui. Il aimerait donner à ces jeunes le goût de la musique classique. Il dit que l'âge moyen dans les salles de concert doit frôler les 87 ans. Il a aimé ce qu'il appelle l'« angle » des pyjamas, le côté relax, zen.

— Qu'est-ce qu'on fait ?

— Tu es partant ?

— Oui, c'est cool. Avec Mona ?

— Il pensait d'abord une première fois avec toi.

— Et pour le lycée et le bac ? J'ai trois livres à lire.

— Effectivement, c'est un problème. À toi de décider si tu te sens de force à mener tout ça de front.

— Si on laissait tomber le lycée ?

— Mon Sam, ce que tu es drôle !

Sam n'a pas le courage d'avouer à sa grand-mère qu'il ne plaisante pas.

Renoncement

Sam a accepté le concert « jeunesse ». Il a carte blanche pour le choix des morceaux. Le mécène veut qu'il parle entre chaque morceau pour l'introduire et le raconter d'une façon qui puisse intéresser l'auditoire. Sam aime beaucoup l'idée, mais il n'est pas musicologue, et il n'a pas le temps de faire des recherches. L'homme lui offre un cachet de mille euros. Il veut quelque chose d'original et qui donne au jeune public la curiosité et l'envie d'écouter autre chose.

Sam cherche, il répète. Martha l'aide de son mieux dans ses recherches. Elle est la première à oublier que Sam est lycéen, que le bac de français approche.

Tous les jours, il quitte la maison officiellement pour rejoindre le lycée, mais au lieu d'aller cap au sud, il bifurque vers le nord et se rend là où il trouvera un autre Steinway, et un ordinateur fixe. En fait, il est à la bibliothèque du conservatoire, sur son ordinateur ou au piano mis à la disposition des élèves. On ne peut pas vraiment dire qu'il sèche, puisqu'il travaille.

De jour en jour, sa détermination à suivre la voie qui est la sienne se renforce. Il ne veut pas se soumettre aux diktats : le lycée, les profs, le bac et cette sorte d'avenir qui ne se conçoit pas sans diplômes.

Comment le dire à sa grand-mère ? Il n'en sait rien. Alors il ne lui dit rien.

Choix

Extase, excitation, exaltation, comment Sam va-t-il transmettre au public son amour de toutes ces toccatas, fugues, variations, valses, sonates et symphonies ?

En tout cas, ce n'est pas l'extase le jour où, en rentrant du conservatoire, il trouve sa grand-mère brandissant une enveloppe de son cher lycée informant sa famille de ce qu'il sait trop bien : à savoir qu'il n'a pas mis les pieds en classe depuis qu'on lui a fait cette proposition de concert.

– Alors ?

Martha se contente de cet adverbe interrogatif.

– Alors… oui.

– Mais encore ?

– Que te dire ?

– Essaie la vérité.

– Je ne veux plus aller au lycée.

— Et le bac ?

— Il y a d'autres options, dans la vie.

— Par exemple ?

— Chercher un chemin alternatif.

— En ce qui te concerne, tu as une proposition ?

— La musique.

— Ah oui ! La musique !... Parce que tu as eu la chance qu'on te propose, par le plus grand des hasards, un concert. Est-ce que tu te rends compte de la compétition dans ce domaine ? Est-ce que tu connais le niveau, la discipline de fer, le TRAVAIL et encore la bataille et le peu de chances qu'il y a d'y arriver ?

— Tu dis toujours qu'il faut suivre sa passion.

— Je dis aussi qu'il faut être réaliste. Sam, mon Sam, tu es un garçon intelligent et sensible, doué, tu vas devoir jouer devant trois cents personnes, c'est une belle occasion que tu dois saisir. Saisis-la, va jusqu'au bout de cette aventure, et puis retourne au lycée. Tu as bien travaillé cette année, ton bac de français ne sera de toute façon pas une catastrophe.

Sam est content de se trouver face à quelqu'un qui n'est pas complètement hystérique comme sa mère. Il ne s'en tire pas trop mal. Il veut néanmoins dire le fond de sa pensée.

— Claudio Arrau, pianiste virtuose, n'a eu aucune éducation scolaire en dehors de la musique, et il a appris tout seul quatre des cinq langues qu'il parlait. Einstein n'a commencé à parler et à écrire qu'à douze ans. Léonard de Vinci et Gustave Eiffel n'avaient pas forcément leur bac !

— Si tu veux devenir Léonard de Vinci ou Einstein, commence l'année prochaine quand tu seras rentré chez tes parents.

— Oh, mamie... Bill Gates ! Steve Jobs ! Même ton Dickens chéri !

— Son père a fait de la prison. Tu crois qu'il était heureux de quitter l'école ?

— Mais mamie...

— Il n'y a pas de mais, ce n'est pas négociable !

Sam n'a pas dit son dernier mot.

Succès, échec

Sam a demandé s'il pouvait se faire accompagner pendant le concert. Il fera deux numéros avec Mona en pyjama, qui vient de chez sa grand-mère pour les répétitions. Ils joueront et chanteront *Somewhere* de *West Side Story*. Et puis, il demande à deux danseurs de sa classe d'inventer une chorégraphie inspirée du hip-hop mais sur une fugue de Bach.

Martha aide Sam pour les commentaires qu'il aura à faire et qui seront moitié improvisation, moitié par cœur. Il a travaillé d'arrache-pied, tout en ménageant un peu de spontanéité. Mais la spontanéité a un prix, qui est un surcroît d'angoisse.

Sam n'a jamais ressenti un trac pareil. Il lui remplit l'estomac et la tête. Il a des papillons, des grenouilles, des mantes religieuses dans la gorge, des abeilles dans la tête et des fourmis dans les mains. Il se déshabille pour enfiler son pyjama, seul concertiste au monde qui enlève ses beaux vêtements avant de monter sur scène. Il se sent vulnérable et nu. S'il y a des traditions vestimentaires, ce n'est peut-être pas pour rien. Des générations de concertistes ont compris que le smoking est une armure.

Mona le regarde, il la regarde, ils éclatent de rire. Du coup les fourmis, les papillons, les abeilles s'égaillent et Sam entre en scène débarrassé de leur grouillement. Il ne salue pas, prononce un simple bonjour et se met à jouer *Fascinating Rhythm*, s'arrête, explique dans quelles circonstances Gershwin a composé ce morceau. Il enchaîne avec Chopin.

— Ces deux compositeurs sont morts jeunes, à peu près au même âge, trente-huit et trente-neuf ans. Ont-ils été dévorés de l'intérieur par leur art ? La passion artistique est-elle une bénédiction ou une malédiction ? Et vous, avez-vous une passion ? demande-t-il aux auditeurs.

Le programme, bien composé, est entrecoupé de numéros exécutés par des danseurs. Mona le rejoint sur scène et ils jouent les deux derniers morceaux à quatre mains, finissant avec les variations sur *Ah, vous dirai-je maman,* de Mozart, lequel, comme Gershwin et Chopin, est mort jeune : à trente-cinq ans.

— Ce qui donne à penser, lance Sam, qu'il faut vivre vite et bien, car personne ne sait combien de temps il lui reste. Profitons de la vie et faisons-le en musique.

Tonnerre d'applaudissements.

Sam comprend comment on peut devenir accro au succès. Les professeurs de maths ou d'histoire vous manifestent rarement autant d'enthousiasme — il faut reconnaître qu'on ne les applaudit pas non plus à la fin de leurs cours. On devrait, pourtant, pense Sam, quand c'est mérité.

Après le concert, une fille demande à Sam depuis quand il joue.

— J'ai commencé à cinq ans. Je n'avais pas le génie d'un Mozart qui composait déjà à cet âge, et je ne jouais pas toujours de bon cœur. Les leçons de piano étaient le choix de mes parents, mais ça m'a plu. De plus en plus.

— Et comment arrives-tu à mener les deux de front : la musique et le lycée ?

Sam met du temps à répondre. Finalement il dit :

— Il le faut bien.

Même s'il a des doutes…

Ça continue

Après moult discussions, Sam a accepté de se donner à fond pour tâcher de finir en beauté cette année exceptionnelle.

Il lit sur son lit et joue du piano, parce que là aussi il a un concours à passer. Il mange, il se couche. Discipline, discipline.

Quand sa mère téléphone, il répond par monosyllabes. Elle est loin d'imaginer les sensations fortes qu'il a vécues sur scène peu de temps auparavant.

Souvent, les vieux, qui ont pourtant été jeunes, renoncent à se mettre à la place de leurs enfants. Ils sont allés au lycée, ils en ont gardé de bons souvenirs et d'après eux leur réussite est due à l'instruction qu'ils y ont reçue. Mais ils ont la mémoire sélective. Ils oublient les humiliations, l'ennui, la corvée des devoirs, l'angoisse des examens.

Martha propose à son petit-fils de l'emmener au restaurant (occasion de sortie pour elle). Elle propose Ma yucca, un japonais créatif et délicieux. Sam refuse.

– Je n'ai pas le temps, mamie.

Inquiétudes sur l'état moral du garçon.

– Même quand on est débordé, il faut prendre le temps de manger et de se distraire. Il fait beau, nous irons à pied, histoire de respirer l'air du printemps.

– OK, mamie, si tu insistes.

Son humeur s'améliore à chaque bouchée et, le temps de finir le repas, Sam est rendu à lui-même. Ils font un tour au bord de la mer et il se lance dans une série d'affirmations.

– Je ne pourrais plus vivre sans la mer, je ne pourrais plus vivre sans le soleil, je ne pourrais plus vivre sans mon piano…

Puis, plus grave :

– Je ne peux plus vivre sans toi, mamie.

– Les grands-mères sont une denrée périssable.

– Tu as intérêt à rester en vie. Promets-le-moi !

– Il y a des promesses qu'on ne tiendrait pas.

– Tu dois relancer cet Arthur. Statistiquement, il est prouvé qu'on vit plus longtemps en couple.

– Je n'en doute pas. Depuis que tu es ici avec moi, je me sens indestructible.

— Je parlais d'un fiancé, d'un concubin, d'un mari.
— Tu veux toujours sécher tes révisions et aller au cinéma ? esquive Martha, enjouée.
— Tu es une grand-mère diabolique.

De retour à la maison, Martha va droit à son ordinateur tandis que Sam fonce sur son piano. Juste avant de s'y mettre, il entend un petit cri.
— Qu'est-ce qui t'arrive, mamie ?
— Arthur a accepté un poste honorifique à New York.
— Je suis désolé.
— Oh, il n'a pas eu le temps de se faire une place dans mon cœur. Et puis, il n'était pas tout à fait assez fou de moi.
— Il faut être fou ?
— Il faut prendre des risques, oser ! Valéry a dit : « Le vent se lève !... Il faut tenter de vivre ! » Et Gide : « Ose devenir qui tu es. »
— Et quand celui qu'on est est un grand flemmard ?
— On trouve une citation qui lui commande : « Bats-toi ! Vas-y ! Fonce ! »
— L'auteur, c'est Nike avec son *« Just do it ! »*.
— Cette marque a dû copier quelqu'un.

Confiance

Mona vient chez Martha passer la dernière semaine avant le bac. Beaucoup plus concentrée et méthodique que Sam, elle l'entraîne dans son programme établi d'avance «J moins 8, J moins 7», auteur par auteur, texte par texte, avec Martha aux fourneaux et Martha à la rescousse, concernant certains auteurs. Ils travaillent onze heures par jour, Martha n'a jamais vu Sam aussi sérieux, sauf pour sa musique.

Ça laisse treize heures aux deux jeunes gens pour fouiller divers sites dans l'espoir d'y dénicher un candidat valable pour Martha. De temps en temps, elle entend: «Viens voir celui-ci!» Invariablement, le spécimen se révèle trop vieux, trop moche, trop petit ou pire que tout: fumeur.

— Ne vous en faites pas pour moi, je suis très bien comme je suis. Les princes charmants sont bien plus charmants dans les livres que dans la vie. Retournez au boulot !

— Mais mamie, je ne veux pas te laisser seule à la fin de l'année scolaire.

— J'étais seule et heureuse avant ton arrivée, je le serai après ton départ. Il y a un temps pour tout. Et pour l'instant, c'est celui de travailler encore une heure avant le déjeuner.

— Tu aurais fait une bonne esclavagiste.

— Oui, les esclaves, avec moi, auraient eu au moins la chance d'aller au lycée.

Sam gémit. Il a mal au dos, aux yeux, mal à la tête, mal partout. Mais, c'est étrange, les douleurs disparaissent dès qu'il se met au piano.

Conformisme

Plus le bac approche, moins Sam dort.

Et quand il dort, il fait des cauchemars. Il erre dans les couloirs d'un bâtiment mystérieux sans trouver la salle d'examens, il arrive trop tard ou se trompe de jour, ou entend «Je ramasse les copies» alors qu'il n'a encore rien écrit, ou bien il reçoit un sujet sur lequel il sèche complètement, ou encore il finit avec aisance une copie bien argumentée quand un incendie se déclare : tout le monde est évacué et convoqué ultérieurement. Il rêve aussi qu'il est frappé d'une paralysie de la main, de cécité provisoire ou d'urticaire géant.

Martha est déjà dans la cuisine quand Sam descend, à 6 heures, tout habillé... en pyjama.

— Je... je pense que ce n'est pas permis d'aller à l'épreuve du bac en pyjama.

— Ça va me porter chance.

— Surtout s'ils te refoulent!
— Je vais mettre mon imperméable par-dessus.
— Il va faire 30 degrés.
— Je l'enlèverai quand je commencerai à écrire.
— C'est risqué.
— Tu m'as dit qu'il faut prendre des risques.
— Pas des risques idiots.
— Si un pianiste peut se produire en pyjama, un futur bachelier peut le faire aussi. Un pyjama n'est pas une burka.
— C'est une provocation.
— Mamie, je t'assure, je suis tellement bien dans ce pyjama, je sens que ça va marcher.
— J'en doute. Ce qui doit te porter chance, ce n'est pas un pyjama, c'est ton cerveau, et le travail dont tu l'as nourri.
— Laisse-moi faire, mamie. Je veux être enveloppé dans ton cadeau.
— Je me sentirais coupable. Contente-toi de l'emporter dans ton cartable, comme un doudou.
— Aucun règlement n'interdit le pyjama. Quelle différence avec un jogging ou un jean? Dis, mamie, tu me fais des sandwiches?
— L'épreuve dure 4 heures, tu mangeras en sortant.
— Juste quelques petits sandwiches, au cas où...

— Bon, d'accord.

— Et quelques pommes de terre ?

— Sam ! Ça empêche de se concentrer. Le bac n'est pas un pique-nique.

— Je ne les mangerai peut-être pas, mais ça me rassure de les avoir avec moi.

— Tu veux une pastèque aussi ?

— Trop lourd.

— Bon, va t'habiller, je prépare tout ça.

— Mais je suis habillé, mamie.

Coups du destin

Ce n'est qu'après avoir entendu la porte claquer que Martha s'est mise à paniquer. Elle monte quatre à quatre dans la chambre de Sam, cueille le jean par terre, le tee-shirt sur une chaise, redescend, traverse la rue en courant vers l'arrêt du bus n° 4, sans avoir passé un peigne dans ses cheveux et en chaussons. Il y en a donc un en pyjama, et l'autre en pantoufles. Mais elle, au moins, ne passe pas le bac.

Hors d'haleine, elle arrive au portail du lycée. Pas de Sam. Elle entre comme le ferait un professeur ou un examinateur et demande à un lycéen qu'elle croise :

— Le bac de français ?

— Quatrième étage.

Elle monte. Cette mission sacrée sera la dernière, elle aimerait juste ne pas mourir avant de la mener à bien. Elle n'a pas vérifié s'il avait sa convocation, une pièce d'identité, de quoi écrire, une montre. Il n'en a jamais, il se fie à son téléphone, bien sûr interdit pendant l'examen. Elle a oublié de lui dire de veiller à la présentation, de lui recommander de ne pas écrire comme un cochon, de lui donner quelques tuyaux de dernière minute. À chaque marche qu'elle monte, elle répète comme un mantra : « Oh là là, aïe aïe aïe ! » Et voilà le panneau : Épreuves anticipées de français (EAF).

Sam est là, sa convocation et sa carte d'identité à la main, faisant la queue pour entrer, vêtu de son imperméable, son pantalon de pyjama dépassant bien en évidence.

Martha l'observe de loin. Quand il passe sans problème, elle soupire de soulagement. Elle le voit même s'installer à une table sans quitter son sauna de manteau, sortir son stylo, ses crayons, la gomme et les sandwiches. Il est désormais prêt à affronter le sort. La porte se ferme.

Échevelée, essoufflée, en pantoufles, s'en retournant vers l'arrêt du bus n° 4, elle entend un « Martha » tonitruant.

À quelques pas de là, son bus arrive. Une voix familière s'adresse à elle :

– Martha ?

— Sylvain ?

— Tu as mal aux pieds ?

— Oh non, c'est une histoire un peu longue. Comment va Lucette ?

— Tu ne savais pas ?

— Quoi ?

— Elle est morte il y a deux ans.

— Désolée, Sylvain. Nous nous étions bêtement perdues de vue. Quand mon mari est mort, je suis devenue une sorte d'ermite.

— Tu as le temps de prendre un café ?

— En pantoufles ?

— Pieds nus, en bottes ou sur des échasses, comme tu voudras.

— Avec plaisir. Mais pas longtemps, il faut que j'aille préparer le déjeuner de mon petit-fils qui passe le bac de français.

— Tu l'as accompagné ?

— En quelque sorte.

— Moi aussi, j'ai accompagné ma petite-fille.

— Elle n'était pas en pyjama, elle ?

Triomphe ou défaite

Sylvain avait été un bon copain de Martha, à l'école normale. Ils avaient travaillé ensemble sur de nombreux projets. Il n'y avait pas de tension amoureuse puisque lui était déjà fiancé avec sa jolie Lucette, et Martha avait rencontré l'homme de sa vie. Cette amitié reprend ce matin, comme s'il n'y avait pas eu une interruption d'une quarantaine d'années. Seules les rides ont creusé les visages, mais ils se sont reconnus tous les deux au premier coup d'œil et ont à peine menti en se disant : « Tu n'as pas changé ! »

Il l'a raccompagnée en voiture après le café « pour que tu n'abîmes pas tes pantoufles ».

Elle n'a plus pensé à Sam pendant tout le temps passé au café bien nommé Le Bon Séjour.

Coralie, mère du futur bachelier, n'y a pas beaucoup pensé non plus, apparemment. Aucun signe d'elle. Martha s'étonne que sa fille puisse ignorer le jour du bac. Elle se met à y penser pour deux. Elle pèle, coupe, touille, et juste avant que le suspense ne la tue Sam surgit... toujours en pyjama.

— Ça y est, mamie. Les dés sont jetés.
— Et ?
— J'ai écrit des pages. J'ai encore choisi le sujet d'invention. Ça me donne davantage une impression de liberté. J'étais dans ma bulle, en pyjama. On ne m'a pas fait de remarques. J'ai mangé les sandwiches dans le bus en revenant, du coup je n'ai pas très faim. J'aimerais téléphoner à Mona pour avoir de ses nouvelles, et à quelques copains.
— Et ta mère ?
— Ce soir.
— Tu as soigné la présentation ?
— J'avais beaucoup à dire et j'ai plutôt foncé.
— On se remet un peu plus tard au travail pour l'oral ?
— Demain, mamie. Là, je suis vidé.

Inquiétudes

— J'aime travailler avec toi, mamie. C'est plus du plaisir que du travail. Mais je ne suis pas un littéraire. Je ne pourrai jamais passer ma vie le nez dans des bouquins.

— Tu peux passer ta vie le nez sur un écran ?

— Ce n'est pas pareil. Avec l'écran, on communique.

Entre deux explications de texte, au cours des repas, Martha essaie de convaincre Sam de ne pas se rendre à l'oral en pyjama.

— Bon, cette fois je vais suivre tes conseils. Je réserverai le pyjama pour mon mariage.

Juste avant le lundi de l'oral, Martha invite Sylvain et sa petite-fille. Les jeunes parlent beaucoup de l'épreuve et se racontent des anecdotes qui circulent : un candidat fouillait dans la poche de son pantalon à la recherche de sa pièce d'identité quand des préservatifs en sont tombés ; un autre, frappé d'une violente diarrhée, a dû sortir trois fois ; une autre n'a pas arrêté de pleurer pendant les quatre heures ; un autre encore ne pouvait pas réprimer un fou rire idiot.

Les adultes partent à la recherche de leurs souvenirs du bac, mais ne rapportent pas grand-chose.

– Ne vous inquiétez pas, ça va bien se passer, dit Sylvain. Demain, tout sera fini.

Les jeunes sont pleins de doutes, les vieux ont des certitudes, et tout le monde se fait du souci.

Les parents de Sam téléphonent, fournissant un supplément d'énervement, de conseils douteux et d'encouragements inefficaces. Est-ce qu'il y a un bac pour devenir des parents efficaces et utiles ?

Transcendance

Tout le monde avait raison. L'oral est passé.

Tout le monde avait tort, ça ne s'est pas bien passé.

Sam est resté quelques minutes sans pouvoir sortir un mot : muet pour la vie ? Heureusement, il a retrouvé la parole, mais il n'était pas au mieux de sa forme. Son pyjama lui manquait.

Il a enchaîné sur un travail intensif pour son examen de piano. Là, au moins, il a de l'entraînement et beaucoup d'expérience. Sa paresse s'évapore à la vue de son piano.

Les journées passent agréablement. Toutes les fenêtres sont grandes ouvertes et les oiseaux chantent au rythme de Chopin. La vie est presque belle. Martha est de plus en plus inventive aux fourneaux. Son ancien copain Sylvain passe de temps en temps, porteur d'une tourte aux bettes, d'un bouquet de son jardin, d'une bonne bouteille de sa cave. Il semble aimer la musique.

Le verdict du jury du bac de français tombe dans un ciel relativement serein : 13 à l'écrit, 15 à l'oral. Martha se réjouit pour Sam, Sam se réjouit qu'elle se réjouisse. Elle a le sentiment d'avoir sauvé une âme.

L'épreuve de piano débouche sur un succès beaucoup plus triomphal : félicitations du jury.

Une année nettement plus réussie qu'on ne pouvait l'espérer.

La déprime arrive néanmoins quand Sam commence sa valise. Martha cherche sur son cher Internet où trouver un cours de gym pour seniors. Elle projette de reprendre son abonnement au théâtre. Et qui sait, elle reprendra peut-être son projet mijoté depuis longtemps d'écrire un roman.

À présent, c'est le dernier repas ensemble. Fini les pommes de terre. Fini les féculents. Elle va reprendre un régime raisonnable. Elle nourrit une certaine ambition pour s'entretenir en bonne forme à l'avenir.

Sam semble songeur, à ce repas pourtant pris au soleil sur la terrasse.

— Qu'est-ce que tu as, mon Sam ?
— Oh rien, mamie, juste une idée comme ça.

— Dis-moi.

— Non, c'est mon jardin secret.

— Tu peux parler en même temps que tu bêches ton jardin secret. Tu veux parler de Mona ?

— Ça y est, c'est décidé : Mona passe sa terminale chez sa grand-mère l'année prochaine. Et toi, tu veux me parler de Sylvain ?

— Oh, c'est une bonne surprise, un cadeau de la vie. Nous avons repris notre vieille amitié d'il y a quarante ans.

— Juste l'amitié, mamie, sans plus ?

— Jardin secret !

— Mamie, je vais t'ouvrir le mien.

— Contre une visite du mien ?

— Non, gratuitement.

— Vas-y, je suis suspendue.

— Je n'ose.

— Il faut oser.

— Eh bien, vois-tu, mamie, j'aime ma vie ici. Je me suis fait des amis, j'adore mon prof de piano et mon piano mais par-dessus tout j'aime ma grand-mère.

— On peut dire que ça s'est bien passé, entre nous.

— Nous avons le bon rythme, toi et moi.

— Allons ! Tu vas encore me demander en mariage ?

— Je vais te demander de me garder une année de plus. Tu veux bien, mamie ?

— Tes parents seraient d'accord ?

— Oh, tu sais, mes parents, ils sont tout à fait d'accord.

— Alors, allons-y pour une autre année... Mais compte sur moi pour te faire travailler, mon bonhomme.

— Mais toi aussi, tu vas travailler, mamie.

Du même auteur à *l'école des loisirs*

Collection MÉDIUM

Terminale ! Tout le monde descend
La première fois que j'ai eu seize ans
L'Amerloque
Barbamour
Trois jours sans
L'orpheline dans un arbre
Tout amour est extraterrestre
Comment tomber amoureux… sans tomber
Espionnage intime

Cet ouvrage a été achevé d'imprimer
sur Roto-Page
par l'Imprimerie Floch à Mayenne
en mai 2018

N° d'impression : 92647
Imprimé en France